現代生活語詩集2020

わが街、わが村、わが郷土

竹林館

現代生活語詩集２０２０　わが街、わが村、わが郷土

いのちの拠りどころとしてのことば

有馬　敲

時は移り、時代は変わる。

ことばは生きものであり、その時代やその場所によって変化する。

しかし生活語はその素材や手法などあらゆる面において、共通語の詩同様、自由で何の規制もない詩的空間を創っている。

その豊饒な空間に、多くのひとから共感が得られることを願う。

目次

Ⅱ　東北

Ⅴ　関西　扉・大倉　元／原　圭治　135

◆カバー写真／尾崎まこと

現代生活語詩集２０２０　わが街、わが村、わが郷土

I　北海道

「真正の詩」を求めて

原子　修

真正の「詩」は、なべて、「言霊（ことだま）」の発露から生まれ、読者の「感動の泉」にしたたり落ちておわる。

「言霊（ことだま）」は、われらのいのちの最深部から湧きでる発語本能のしずくである。

「生活」というコトバが、もし、いのちの総称であるならば、そして、「言霊（ことだま）」がいのちの見えざる秘め火の焔（ほむら）であるならば、その「コトバ化」としての「生活語」は、方言詩や日常語詩などの表層的な区別や分類をはるかに超えて、ひたすら「真正の詩」の一点に結実する。

あなどり難いこの真理、忘るなかれ。

東　延江

ホッカイドウのアサヒカワ

ホッカイドウのアサヒカワ知ってますか
私の生まれたまちです

父が暗闇にまぎれて私のおむつを洗った川
石狩川のそば
旭町一条一丁目

父の親友横山のおじさんは
どこで会っても
　大キクナッタナー
と私を見上げる
七十をとうにすぎても
かわらぬ言葉がかけられる

私のおむつ時代を知る
たった一人のおじさんは
百歳を少し前に亡くなった
私と父をつなぐ新聞人
その死は父と同じ重さで
私にとどまり続けている

アサヒカワの冬は
めっきりぬくくなってしまった
その昔
私の十代の冬は
マイナス三十二度は
一週間も続き
まつ毛まで吐く息で真白く
鼻はぴりりと痛かった

靴と雪の間には

言葉があった
キシキシ
キュッ　キュッ
ギシギシ
ギコ　ギコ
言葉に耳を傾けて冷気は身体中をかけぬけた
それは春を待つ足音

夏　三十二度のまえうしろ
暑さが四肢をとかしてゆく
アスファルトにヒールが喰い込み
陽ざしは草木の呼吸をとめさせたまま
吐息だけが宙を舞う

どこの農家の裏にもあった
りんごの「旭（あさひ）」
知ってますか

やわらかくて甘酸っぱい
かりりとかむと
白い果肉が
口中に秋を告げ
本物のりんごだと
買物公園七条の七福市場に並ぶとき
自慢気に言いまくる

街にのっかって屋根になってそびえる
大雪連峯
その下の流れは大河石狩川
私の生まれた街
私の今を生きる街

石井眞弓

冬の鶴

厳寒は
郷土の厚み
いぶし銀

はげしい風雪
たたかれ
さらされた
鶴は
立ちすくむ
凍りついた
大地のむこう

わたしは
カンバスに
画ききれないだろう

手をのばすと
純白の
世界
すっと
遠のいて行く

目前の
一つすら
わたし
はんちゅうに
おさめられない

しらじらと
薄明り
鶴は
飛び立つ

「今金男しゃくん」

小篠真琴

「くずいもが入っていた」と月の陰影が満ち欠け
　を経て
三年間の悔恨をする
ライマン価を折り紙の色彩にまで高め
生育期間をなんども谷折りにしては
こども想いの男爵いもは
黄金の箱で宇宙の星座を確かめた
やがてその両翼は、北の大地のファルコンとなり
大河を汲んで海を渡るのだ

くずいもの月の陰影で身体検査が行われてから
お詫びの俵は３つ、４つ
「毎年、送ります。また、来ます。」
ほつれた糸がほどけるように
なんどもなんども鳩が逃げ回る
「毎年、送ります。また、来ます。」

でんぷん質も折り紙となり
農協の職員、生産者たちは
からだを突つかれながら、いもをひろった
境界線を失くしたシーツは
大河が横断していくように
住民たちの足首をしばる

シストセンチュウ防止対策協議会が
エイの尾ひれでひらかれて
守りの神へと祈りは捧げられた
（どうか、こころが通じますように……）
じゃがいもの腹に居座っている
害虫たちの毒は除かれる

黄金の箱が宇宙の星座を確認するまで
レッドアゲードをお守りにして
家族の絆はきょうよりもより強固になる
東京市場は祭典となり
黄金のいもは名声をえた
いまこそ、大河を渡るときだと
町中だれもが惑星になる

地球が惑星探査をはじめて
１２０年のねむりを終える
黄金のいもは北の大地の雄しべのファルコンとなり
雌しべと蜜蜂とはすでに拡散されていて
ひかるつばさの乗組員たちは
時を忘れて祝宴をした

「くずいもが入っていた」と月の陰影が満ち欠け
を経て
三年間の悔恨をした
あの歳月をわすれぬように
黄金にひかる夕暮れと
ひろい大地のすそ野をとらえ
まちの誇りを継承していく

あすのきぼうとこどもを思い
大河はいまも、清流のまま
男爵いもはひかりをたもち

＊今金男しゃくん＝今金男爵いも
（地理的表示（ＧＩ）保護制度登録）
＊ライマン価＝いもの中に含まれるデンプン質の率のこと。
＊シストセンチュウ＝茎線虫目に属する線虫の一種。ジャガイモに寄生するものがいる。
＊レッドアゲード＝赤瑪瑙（めのう）とも呼ばれるパワーストーン。

白い花火の村

坂本孝一

波の白い血は
岩にぶっかり飛び散って
引き戻りふたたび寄せては生き返る
風速の申し子でもあった
いつからか

台風崩れの大時化の空は
残骸の明るさ
団子になって
丘に駆け上り特等席に立つ
千切れ飛ぶ波はたかさを競い
ひろがり落ちる
白い花火だ

そのたびに歓喜が満ち
ありったけの叫び
口先から飛ばされ
風下へ消え去る音だ

一枚としておなじ波はない
荒海のホッケはどうした
住むひとと同じで
根に隠れいるのか
さびしい綱の中で闘っているのか

縮こまって
崖に踏ん張り付いている家々
としごとに鷗も減って
捨てられた石のように
人も草も木も
寡黙な眠りの中にある

取ってなんぼの暮らし
潮焼けの太い腕に引っ掛からない
うすい魚の群れ
おおきな海底を広げて笑う海
のっぺりした顔付きを
塩水で洗いおよぐ鱈よ笑うな

時化の多い浜に
電気の文化が走りまわる
道は半島をめぐり
定期船は港に係留された
ひとつの終わりに何かが始まる

車両は寒村に留まることもなく
便利さと引き換えに
石原の昼顔の
蛙の背のような葉も枯れた

摑みどころのない波の
エメラルドグリーンと
吹雪のかまどに放り込む薪の
緋色の炎の背が寒い

あきない波ばかりを見ている
何かが少しずつ足りない
今日も時化だ

笹原実穂子

異郷の地（漁り火）

異郷の地に
知らぬまにいた
そこがどこなのかわからなく
ただひたすら漁り火を見ていた

どこまであるのか
宇宙に続く灰色の空
夜になると静と暗の内側で
こちらにおいでと
狂おしく誘われた

もう波は眼下にあった
しなやかなビロードの波

その上を歩きたい

美しい波よ
ひとしきりビロードの波を愛撫した私は
急降下し

口を開け
ドクロと化した何万もの白骨に出会った
ドクロが
海藻に巻かれて骨を振らしていた

せつなく
居場所が無くて
又波の上に出てみると
赤く一直線の漁り火があった

ぼーぼーと火をたいて魚を呼んでいる

その火を胸に
網にからまり
異郷の地にいた

菅原みえ子

かいやぐら
――一穂への遙かなる最弱音（ピアニッシモ）

「むかし　むかし……」と、
かいがらが　うたいだした。

すなに　うもれた　しんじゅだま
じゅうごや　おつきさん　しお　させば
なみの　いくすじ　ほのぼのと
たつ　りゅうぐうの　かいやぐら
おとひめさまは　うみの　ほし

――吉田一穂「ひばりはそらに」

いっすいさん
今日　私はあなたの静かな妹　春枝さんの居た街
あなたの父　幸朔さんの召された街
ゆあみのさわからやって来ました
どうか　私のかいやぐらを一緒に見て下さいな

むかしむかし　ちょっとの昔　ニムオロ　樹木の
茂る処　そのコイ・トゥイェ――海からの波の
激しくぶつかる処　そこが私の庭でありました
その日もキヨちゃんと遊んでた　ふいにふたり
ふるえる　「ここで」「うん、やっちゃお」
「海の神様　ちょっとあっちむいて」海を背に
ふたりそっと屈み込む　ちっちゃな虹がふたあつ
キラキラ海霧になって立つ　「あ、ヘンだ、海が
ヘンだ」あわてて立ち上がり　顔を見合わせる
（神様をおこらせちゃった）ふり返るなんて出来
やしない　泣きべそかいて　走る走る　逃げる
やってくるくる　ニムオロの大人たち　大坂の母
さん　笹淵の父さん　久谷屋さんも目を血走らせ

工藤の小父さんつんのめり　ああ桜橋交番の古瀬
巡査まで捕まえにこっちへくる　くるくる
（神様　どうか許して下さい）
夜になり母さんが言った「今日　裏の弥生町の海
に蜃気楼が立ったって街中大騒ぎだったよ」
（ちがう　あれはシンキロウなんかじゃない
私達バチ当たりな事したから　海の神様怒って
ぼっかけて来たんだ……）
どでかい変り玉のような　言えない言葉が喉塞ぐ

いっすいさん
60年もの　ちょっとの昔のあれ
あれは本当に蜃気楼　かいやぐらだったのですか
根室の沖の彼方に　寂しく佇む〝国後島(くなしりとう)〟
追われ　逃げ　惑い　脱出し　波に　消え
暮しと　人生を置き去りに　引き揚げさせられた
あの戦は本当に終っているのでしょうか

あの日　故郷・国後がでえっかい幻の姿して
はろばろと遣って来たんでなかったの

いっすいさん
ゆあみのさわをトランペットスワンが渡ります
それは　未知からやって来て
春枝さんの空を　切なげに
コウコウ
ニムオロの風蓮湖へむかい
そこに身を横たえ　ゆるり　羽根やすめ
コウコウ　蘇生の叫びあげ
どこへ

イッスイ　あなたへ
白鳥は　発つ

瀬戸正昭

室蘭街道2　散文詩　地震のあとで

雨上がりのあんぱん道路を室蘭街道の方向に歩いてみた。水源地通りの角。撤退した犬猫病院。平和公園の紅葉葉。

晩秋の忠霊塔。こどもたちの声がない幼稚園。四つ角。たくんちの家。

「焙煎珈琲」と行燈が出ている。古い木造建築だが中は堅牢なコンクリ作り。ここは9月の地震にも耐えぬいた。まゆこが通つた児童会館。真鍋庭園。このあたりに豊平町の役場があつたそうだ。暮れなずむ街道に出た。

無残な地割れのあと。月寒中央駅1番出口。この裏が昔の月寒通だ。古い居酒屋。つるのや。この地に住んで20年になるが、まだ自分にはなじみのみ屋がない。古ぼけたカウンターにひじをついて緑の新漬けをつまみにのんびり哀愁の熱燗をたててみたい。きつといい詩ができるだろうな。

月寒東1丁目の角。イソップベーカリー。中学校。師団長の館。ここにはまだ軍隊の記憶が夢のやうに残つているな。小さな飲み屋街をとおりまたしても中央通りへ。中央公園。

牛飼いのレリーフ。牧場の夢の果て。ここもまた役場の跡地であつた。街道を横切り水源地通りへ。さびしい西洋の教会。修道士たちはいずこ。光明いまだきたらず。

奇妙な場所。なぜこの辻はこんなに急カーヴなのかな。ここはもしや死への道行なのかな。

図書館で同じ本をまた借りてしまふ。帰途バス停前で突然清経の中将が道路を横切り犬のやうに水源地通りを横切つてきた。彼はやぶれかぶれなのか。復活を待ち望むラザロなのか。白い首の包帯が目をゐる。来し方行く末鑑みてつひにはいつか徒波の帰らぬいにしへ。この世てても旅ぞかしあら思ひ残さずや。死有から生有。刹那滅の転換。飛翔せよ。彼岸へ。中有のひとよ。

黄泉の国にむかふ憂愁のバスが音もなく到着した。

花野は果てて荒涼たる冬が迫つていた。

きみの人生はあしき神アフリマンの前に無残にくだけ散つた。おお帰宅したら蓮華城の訃報が来ていた。こはいかなる天魔のしわざにてありけむ。生まれる。生きる。死ぬ。これだけが人生だ。最後に少しだけ愛がくるといいが。吟醸酒で薬をなめてみる今度は新米が届いたやうだ。出口はない。

さ、続けよう。明日太陽は人間のようにたちあがつて昇つてくるのか。そしてひとも獣も永遠に石になるのか。

雪が降りだす。突然、巡礼の御詠歌が凍える耳元に届いてきた。おんあばきゃ　べいろしゃのう　まかぼだら　まにはんどまじんばら　はらはりたやうん

注
最終連3行　鴨長明『発心集』巻三
最終連4行　サルトル『出口なし』
最終連5行　マヤ神話『ポポル・ブフ』林家永吉訳
最終連　光明真言　下西忠『御詠歌でめぐる四国八十八箇所』

滝本正雄

多喜二は活きている

――「小樽・多喜二祭」に寄せて

2月の小樽は　日本海から吹きつける吹雪が
港に傾斜する坂道を吹き上げてゆく
雪の重たさに耐えた苦渋の詰まった歴史の街　小樽
この街の何気ない其処　彼処に
多喜二が佇んでいる街　小樽
細い露地の行き止まりの小さな喫茶店の片隅にも
多喜二の息づかいが確かに活きている　街

１９３３年2月20日
富国強兵をもとに権力の横暴と弾圧の嵐のなかで
戦争へと突き進む治安維持法によって
ナップの書記長として侵略戦争に反対し
貧困と差別の不条理に奔走して不当に逮捕され
その日の内に虐殺された
肘[*]　足首は折られ　手首は粉々に砕かれて
体中に47本の釘穴があって
床は血痕のどす黒い海となり
顔は血のりが厚くへばり着き変形して腫れ上がり
ホーデンは風船のように膨らみ
ペニスは紫大根のように黒く欝血して滲み
息絶えだえの多喜二を見下し嘲り蔑み罵声を浴せ
笑い足蹴にしながら輪番で執拗なナブリ行為を繰
　り返し
やがて　猟奇的な暴力となった邪悪の貌で
凄惨な痛めつけが夜を徹して続いたと云う

駆けつけた母セキが見たものは
血染めで紫色に黒ずんだ丸太ん棒の死体であった
母セキは一日　見るなり
「こったらもの　わの子多喜二（たぎじ）でねえすけぇっ」

「吾の多喜二ば　どごにいんだっ！」と叫び
しばし滂沱の涙を必死に堪え悲しみを呑み込んで
「………………？…？…？」
「多喜二や　起ぎろ　立でぇ　けっぱれぇ立づ上れ
　みなさ待ってばいるどごさ行ぐべぇ　起ぎろ」
「吾の多喜二が何ぼ悪さばすだど云んだべぇっ」
「吾の多喜二は　なんも悪さばすんでねぇすけ」
「多喜二ば起ごして　代わりに吾ば殺しでけれい」
「多喜二の代わりだば　なんぼでもするすけ吾ば
　殺せ」
「代わりに吾ば殺せ!!」「吾ば殺せ!!」
誰憚ることのない秋田弁丸出しの
母セキの悲痛な叫びは
築地警察署の建物を席捲し
周りにいた特高も制止さえできなかったと云う＊
命を賭けた多喜二29才の　若い無念の魂は
いまも確かに活きている　全国に活きているのだ

小樽・多喜二祭の今日　この日に集い
多喜二を偲び語り合い　語り継ぐべき決意が在る
敗戦の深い反省が踏み躙られている悔悟が
いま此処にこそ漲っているのだ!!
A級戦犯で祖父のDNAは孫に強く現われ
一強権力の横暴は奢りとなり
嘘　偽り　隠蔽　改竄　虚偽の忖度を誘い
戦争への道づくりを急ぐ　アベ政治を
多喜二が愛した小樽の　この街から
怒りと燃える憶いを滾らせて叫び続けよう
戦争への道は絶対に許さぬと　多喜二をかえせと

今日も亦　多喜二がこよなく愛したこの街と
高島岬を斜めに染めながら
茜色の夕映えが閑かに　しずかに暮れてゆく
多喜二の無念の魂を赤く染め抜くかのようにして…
小樽の街よ永遠なれ　多喜二の魂よ　永遠なれ…と

＊↕＊＝江口渙さん・松田解子さんとの話を要約

原子　修

鴎

大自然の理（ことわり）にけぶる曙光で
全身全霊を禊（みそ）ぎ

おのれの深みに渦巻く
暗愚の全量は

迷妄の闇として

空（くう）の断崖絶壁から
無の海底（みなそこ）へと
いさぎよく放擲せよ

と

知の潮（うしお）さざめく
朝ぼらけを

はばたく

鴎

総身に
無口な本能の光を結晶し

暗黙の意志と化した
大自然の法（のり）を

風のそよぎとして
いのちのつばさにゆだね

光彩陸離の天の極みへと

舞いたつ
鴎

夏は
藻花（もばな）あやす海の風まとい
秋は
夕陽（せきよう）の焔（ほむら）焚く水平線で帯締（おびじ）めし
冬は
極寒が織りなす銀の氷海を振袖とし
羽毛の身ひとつに
四季折折の衣更（ころもが）えを奏で

大自然の
尽きせぬ愛に
ひねもす　夜もすがら
祝われて在れ
と
ひたすら祈り飛ぶ
鴎

宇宙が
こぼした
ひとしずくの
美しい微笑

本庄英雄

北帰行・石狩

菫(すみれ)に言葉を教えておいたと
水仙の独り言
誰もいない家の庭
草の道案内

謳(うた)っている
踊(おど)っている
足元のタチツボスミレ

林のかげのテーブルに
二十年後の
わたしたちが座っている

クッキーと紅茶で
あの方のお話しをしましょう
荒れた手の分　庭は美しい

頑丈な家と
絶望の椅子
百年の地軸に

遠く　庇をかすめ
小白鳥の隊列
息をのむ　群青のなかに

真っ白な
夕刻の　点と線

運命の扉を閉め
心を亡くした窓ぎわを

レースで覆う

小鳥たちが
キチキチうたい
若葉さわぐミズナラの背に
生まれ来る　ひかりあふれ

前田章吾

白鳥

2月の青空が囁き
岩木山は白雲を装う

草木失せた岩木川は川幅を広げ
水面は空を飲み込んで鉛色

水底から背を出した砂州は
水気のない肌を晒し

膨らんだ白い羽毛が
微風に煽られ蠢く

細い三俣の脚で支える体躯は
シベリアへの郷愁に震え

韃靼海峡から吹き荒ぶはるかな風は
天使の群を待つ

やがて決断が川面にはじけ
水の戯れる音だけが空間に流れ

空に受け入れられた滑らかさで
一糸乱れず飛びたち

停滞する時と反比例し
彼方に吸い込まれ
消えていく

陰陽

果てしない地平線に
荒野のローズマリーが咲き

薔薇の蕾に突き刺さった白樺の枝は
厚い花びらの襞に絡みとられる

満月が浮かぶ夜空は深淵をさらに深め

蒼穹から吐き出された白雲は
白鳥の羽ばたきに姿を変えた

アスファルトの大地に立つ
避雷針の折れた電波塔と

抉（えぐ）りとられた山のひび割れから
流れる涙のカルデラ湖

沈んでいく夕陽が放つ
エメラルドの光線が走る水平線に

夜に鍛えられた曙光を伴い
熱した金貨が顔を出す時

また現れる世界

美園通り二丁目

村田　譲

麦わら帽子に染みこんだ
夏のにおいを頭にのせて
夕暮れ真近の時間帯
ここらは見知らぬ横丁だけれど
思い出したような路地に呼ばれる
クーラーの排気口からの
くたびれた息遣い
重ねたビール瓶ケースと
置きっぱなしの自転車と
のれんで囲われた喧騒
腕をのばせば変わるのか

いつかのどこかで見かけた入り口

雨上りの水溜り
その奥でかすかに
はしれ
繰り返す
はしれはしれ
ラムネのビー玉のような音たてて
はしれはしれはしれ
思い出したか
思いもかけずに
ひっくり返したバケツのなか

肩にひっかけた虫取りかごと
黒棒菓子にねりこんだ約束の時間
膨らんだポケットにはセミの声
一緒に飛び出してくるのは
店の婆ちゃんに差し出す
くわえたままの

アイスキャンディの当たりくじ

くちのなかに流れこむ
冷たい潮のかおりに急かされて
はやくはやくはやく
海へ帰ろうとしている太陽が
はやくはやく
蜘蛛の糸にからんだ雨粒が
はやく
夏に溶けてしまうまえに
掬いあげ
黄色いひまわりの傘のした

Ⅱ　東北

方言と地域語

斎藤彰吾

地域劇団ぶどう座（岩手県西和賀町）の代表川村光夫が「地域語から考える」を、雑誌「演劇会議」（二〇一一年三月号）に書いている。その冒頭、「戦後日本の誇るべき財産のひとつに民話劇がある。それと一對となって現れてきたのが、それまで方言と言われてきた言葉に、新しい意味をみいだして登場してきた地域語である。この二つは、ともに劇作家木下順二氏の功績といえよう。」と地域演劇の立場から述べている。

地域語とは、方言のこと。わたしの記憶によれば戦後の50、60年代にかけ、当時軽蔑・差別の対象となっていた東北弁（ズーズー弁）に代わる用語として、学者上原専禄先生が提唱したような気がする。方言がぶどう座でも話題となり、若手たちと「それなら『ふるさと言葉』にしたらどうか」などと語り合ったことがあった。

次いでわたしに関わったことが出てきた。

「67年、わが劇団では劇団東演のお誘いをうけて東京で提携公演を行った。わがほうのレパートリーは山田民雄／作『かりそめの出発』だった。作者の了解を得てセリフを岩手の地域語に書きかえた。詩人の斎藤彰吾の努力によるものである。そのセリフが面白いと評論家の尾崎宏次氏が雑誌に書いてくださった（「言語生活」昭和42年11月号）。

それまでの私たちは、劇団本の地域語について深く考えることなく過ごしてきた。尾崎氏の指摘は嬉しかったが、驚きでもあった。これからはもっと言葉を意識しなければ……」と。

この時、わたしも同席していて「あの調子で書くことだ」と励まされた。茨木憲という劇評家からも褒められたことを覚えている。「かりそめの出発」は、共通語に静岡弁をまじえていた。住んでいる地元の面白い言葉のリズム感などに留意し、ふんだんに書きかえたことが成功したのだと思う。方言のセリフは、舞台で生きるようにしなければならないということも教示された。

くるみあじ

藍沢　篠

新しい年を迎えるたびに
ひとつの味の存在を思いだしている

僕が幼かったころは
正月になると
祖母や母が準備してくれる
くるみ餅を食べるのが恒例だった

祖母がこんな話をしていたのを覚えている

「くるみの味ッコぁ
そごらさあるもんで
いちばんうんめぇ」

子どもだった僕には
その真意がよくわからなかった

しばらくののち
きょうだいたちが
くるみアレルギーと判明し
僕の家で
くるみが食卓に上がることはなくなった

幻になっていた味に再び出逢えたのは
かなりの年月がすぎたあと

仲間内でのお茶会の中で
「お茶餅」と呼ばれて親しまれている
くるみ醤油を絡めた餅を口にした

長い間
食べることのできなかったくるみの味が
口の中いっぱいに広がり
懐かしく安らいだ気持ちが
胸の中を満たしてゆく

だいぶ年上の物書き仲間がいっていたっけ

「岩手県の方言では
とてもおいしい味を指して
くるみあじ、っていうんですってね」

かつて祖母が語っていた言葉の真意が
ようやくわかったように感じた

くるみの味は
他のどんなものにも勝る
いちばんおいしい味なのだ、って

いまでは
幻でこそなくなった味だけれども
素朴で親しみのある味は
何回食べたとしても
遠く懐かしい昔を僕に伝えてくれる

なにかに疲れた時や
ほんの少しでも
感傷に浸りたくなった時には
また、くるみあじの餅を食べに行きたい
変わらない味が、僕を待ってくれている

植木信子

嬉しかった日

ばあちゃんは畑から採りたての
大きなかぼちゃをマゴちゃんに見せようと
出入口にもしている廊下の端で
内孫の末のマゴちゃんを呼ぶ
ばあちゃんはマゴちゃんが喜ぶのを見るのが
好きなのだ
マゴちゃんは家のなかから走って来て
ワー大きい　ワーばあちゃん大きい
ばあちゃんの希望どおりの感激した声をあげる
しわくちゃ顔のばあちゃんの足元には
孫たちの靴やサンダルがぞろびっこに
散らばっている

マゴちゃんが覚えているうちでわけもなく
嬉しかった一番新しい（時間的には一番古い）
思い出は
雪消えの黒土に萌え出た草に座り
ばあちゃんの畑仕事を見ていたとき
小川が増水してコトコト音をたて
草のにおいや土のにおいが快く
光があたたかく差していた

ばあちゃんと一緒にお風呂に入ると
ばあちゃんは決まって手ぬぐいを湯に広げ
湯を入れてまるく山に見立てて
米山（よねやま）さんからぁ雲がでぇた
パチンと叩く
マゴちゃんは毎度のことにはしゃいで笑った
雪消えの米山（よねやま）に牛の形が現れたら仕事を始める

ぞろびっこの米粒を粉にして
飴や冬中保存食にしていたイワシの残りを
焼いたものをいれて焼餅を作るのもこの季節
節句が過ぎて　田植えが終わった頃に
祇園さん（祭り）に合わせて笹団子をつくる
隣近所と味くらべに交換しあったり
遠く旅の親戚にも送るので三日、四日がかりで
たくさん作る

包む笹は男が刈り取って来るのが習わしだから
いつもは家にいない父がこの日ばかりは
早く帰って来る
マゴちゃんたちに籠を持たせて
　さぁ　行くぞ
父のシャツが笹の色にしか思いだせない

夕暮れ近い雨模様の茜の光のなかの
物部神社の裏山に
冬には子供たちのスキー場になる小山に
笹は生い茂り
父は笹にうずもれて刈り取っている
父の背中が大きく強く見え隠れしていた

*ぞろびっこ＝サイズが違っていたり、靴とサンダルだったり散らばっていて揃えていない状態。あるいは形が揃っていない。

*旅の親戚＝すでに所帯を持っていても故郷に暮らしていない親戚もふくむ。

遠藤智与子

小さな昔語り

十年ひと昔っていうがら
もう三つ昔も前の話すだあ
東京がら嫁っこさ来た
あねちゃの話すしてみっぺ
どごさ来たがってが？
そごは山形県河北町
わだしの家のとなり町
わだしの友達の話すなんだあ
東京で知り合っただんなさんの
実家さ嫁いだのよ
おしゅうど　おしゅうどめど
いっしょに暮らしていだんだげんど
なんせ　わがんね言葉ばり

ある時なあ
その　おしゅうど言ったけど
戸たでろ寒いがら早く戸たでろってなあ
その嫁っこ
何したらいいが　わがんねくて
障子はずして立ででみせだんだど
そしたらなあ
そのおしゅうど　カンカンに怒って
何すんだこのへな
おれば　ばがにすんのがっ
くらすけっどって
びんたしたんだど
なになにさっぱりわがんねってが？
通訳すっとな
戸たでろっていうのは
戸閉めろっていうごど

寒いがら戸閉めでけろって言ったのに
その嫁っこ　わざわざ障子はずして
立ででみせだべ
んだがらおしゅうど
ばがにさっじゃとおもて
くらすけっどって言ったのよ
あ　くらすけるっていうのはよ
ぶっ叩ぐってごどよ
かわいそうになあ
嫁っこ　びんたさっじぇ
目しろくろ…

そんな話すをなあ
笑いながら
おしぇでけんのよ
おらぁ　感心すてしまた
そのへなこはよ　あ

へなっていうのは女ってごど
今は　たぐますいお母(か)ちゃになって
世の中　いぐすんべって
がんばってるんだあ

おらの話すはこれでおすまい
聞いでもらて
ありがどさまなあ

木村孝夫

希望が生まれる

これは魔法ではない
たくさんの人が
古里から消えた日がある

あの日
多くの人々が
生活の大部分を残したまま
着の身着のままで古里を離れた

六号線は混乱し
どこにでも二本線を引けば
車道になった

「メルトダウン」
この言葉を知っているか?
津波のように
脳裏を走る言葉だ

二〇一一年三月十一日
人は「3.11」と呼ぶ
今も、首筋に向かって
すぅっと横切る

歴史の中の大きな恥部
あの日から
十年目に入った

「避難から帰還へ」と
復興の文字が
円い光の輪となって

古里の上空を包む
交通信号機の灯器は
黄色の点滅から
青色・黄色・赤色の光源を
灯火し始めた

JR常磐線の
夜ノ森さん、大野さん
そして双葉さんは
線路を介して、やっと
出会うことができた

放射能が降り注いだ日と
生活が瓦解した日
十年は復興の通過点であって
年月の節目ではない

希望の大きさを手で探ると
まだ形にはならない
それでも笑い声が
手のひらをくすぐる

希望が
生まれ始めているのだ

フキ

兒玉智江

うす緑色の長い茎
人形のフリルスカートのような大きい葉

4歳の頃
フキの葉を
クルッとまげてコップを作り
水を飲ませてくれた祖母

フキと身欠き鰊とを煮上げ
フーフーと口で　冷まし
「ほれ　け」と口に入れてくれた
フキの皮むきで黒く染まった手

洗ってもおちない黒ずんだ手で
大きいおにぎりを作り
手のひらにのせてくれた
「ほれ　け」
「めんこでいろよ」と言い
歯を黒く染め
用足しに出かけた

フキを採り
70年以上前の祖母の真似をして皮をむく
ゴム手袋をしても
薄っすらと黒ずんでいる指先
フキを煮込んで食べた味は
祖母と同じ味がする

鏡の前に
祖母が笑っている

鏡の中に
祖母になった自分が笑っている

フキを食べ
身体の中の黒い毒素を取り除き
いっ時
透明で　うす緑色の
縄文時代の女になり澄ます

＊「ほれ　け」＝「はい　食べて」
＊「めんこでいろよ」＝「良い子で居てね」

牛島富美二

鶯の丘

今年も鶯の丘に上り
バッケヤを摘む
年々増えて
数羽の鶯が盛んに話しかける
私も口笛で応える
私の口笛は
近所の住人が本物と間違えたほどで
しかし
私の返事が曖昧だと思うのか
突如桜の枝から下りてきた一羽
一瞬私の側で羽搏き
仲間ではないと
飛びながら仲間に報告

桜半開の汗ばむ陽射し
バッケヤを掌に
味わう想いに安らうひととき

──鶯や姿身近に菜(さい)を摘む──

散策

八十路(やそじ)のズンツァマの散歩
世はコロナ
小鳥たちの囀りが増えている
人々の姿が溢れないことに
大手振るかのような囀り
その中に
鶯の声なきときは
口笛で呼ぶ

鶯が応える

八十のズンツァマも楽し
路地も八つに岐(わか)れ
戻りたい路が二つ三つーそれも二岐路三岐路
——慕わしき人住む路地のケズネバナ——

八十(やそじ)路入り

ガキの頃近所には八十の
ズンツァマ・バンツァマなく
せめて親たちが記録をと願ったものだが
三年(みとせ)欠けたり二年(ふたとせ)欠けたり
——父母(ちちはは)も達せざる齢(とし)超えた春——

恋心

八十路(やそじ)に入りて恋心
とはいえ昔懐かしの思い出恋
あのあねこのあねこ
それが生甲斐といえるほどの今だったが…

遇えばこんなだろうかと
散歩で知りあったひと
言わず語らず遠くより
見ては溜息吐くもよし
——偶(たま)さかに互いに通行人となり挨拶交わす八十
路の動悸——

金野清人

ババババ聴ぎだくて

昔も今も
夜ォ　明げねァうぢがら
近郷近在がら集まって
大船渡の盛市ァ
ババババにババババの大賑わい

「バー、父さん、父さん
今朝揚げだばりの、ネウッコ
負げっから買ってがねァど…」
浜の姉さん
負けだ、負けだと、威勢がいい

「バー、ほんでァ
シバデにすっから
大きいどご、けんねァど…」

「バー、母さん、母さん
おら家で作ったキュウリ
うんと安ぐすっから、買ってがっせん」
里の小母さん
安いよ、安いよと、気前がいい

「バー、ほんでァ
漬物にすっから
十本ばり、けらっせん…」

向がい側に
ヒトドシの長平君
莫蓙広げで
フギどササギどキャベツど

ワルガギ時代の内緒話
どっさり並べで
ねまってだ

「ババババ
清人君でねァど?
なんと、しばらぐだったごど…
盛岡がら来たのすか?」

「おらァ
昔馴染みのババババ聴ぎだくて
根元サ落ぢる木の実のように
真っ直ぐに
遠野の荷沢峠
下りで来たんだでば…」

＊ケセン語
「バー、ババババ」＝喜怒哀楽の時使う感動詞
「ネウッコ」＝アイナメ
「シバデ」＝酒の肴
「ヒトドシ」＝同級生
「ねまる」＝座る

斎藤彰吾

ちいさな女の子の黒澤尻川岸(くろさわじりかし)

1

その日　川を見にゆくと
見たことのない女の子が別荘の前に立っていた
おかっぱの紅い着物(おべべ)が
北上川をながめている

別荘の女の子は　どこから来たのだろう
町かな　それとも東京から来たのかな
黒い礫岩におおわれた川向うの並み木が
葉ざくらになった頃だった

夏の宵　姉や父母と目をまろくして灯籠(とろっ)こ流しを
見た
もえる板の火が暗い川面(かわづら)を照らしていっぱい
点点の供養のかたちが寄り合い語り合い
遠く男山のほうまで消えずに流れてゆくのを

秋になって閉じられていた別荘
ちいさな女の子は　どこへ行ったのだろう
塀のなかから　父のうえたさくらの木が
くろく空にのびていた

お諏訪(すわさん)神社の森のなかの幼稚園
おかっぱの女の子は　河童(かっぱ)育ちの顔をおぼえていた
悪さをしたのか　きゅうくつだったのか　ぼくは
その日からお観音堂(かのんさん)とか川の沈床(つんちょう)で遊び回った

2

馬の国の領主だった先祖のかなしい話などを
もはや聞くことはできない
紅い着物姿のちいさな女の子は　北上川の川辺に
立ち
今も川をながめている　川の声鳥の声をきいている

＊沈床――「つんちょう」は方言。
北上川の流域、黒澤尻川岸（かし）にあった川の流れに突
出させた石張りの護岸。
平面T字形をなして、川底を杭で仕切った区画に
石を詰めて構築。
明治二〇年代に五基を設置（実際は六基あった）。
沈床は水に親しめる場所だったが今はない。

ちいさな女の子は　川の音川の声をきいて
おとなになり　中学教師になったのもつかのま
呼びもどされ新しい図書館の司書になった
それから十年はたらき
主婦になり三人の子を育てる
文が立つので今どきの清少納言ともいわれた
政治家を奨められたが首を振り
本屋の店員に　それから再び図書館へ
古い文書が山積みの書庫できいた水の音　水の声
地元学の先生になった
川の流れのように川の声のように話を始めると
あつまった市民から　もう一度
もう一度とせがまれ　年明けてもせがまれ
先人の生きた姿を語っていたが
先人を追いかけていなくなり

佐々木洋一

おしょすい

おしょすいのは
さりげないあかし

なんだかとてもやり切れなくて
さびしいような　せがむような
おがむような　かがむような
とどのつまり
祈りのような
うわべの魂のような

なんだかとてもおしょすくて
愛想笑いしながら
雲をつかむような話をし
惑わされることもなく
入り口に突っ立って
はにかむような

みちのとちゅうでうつくしいのは
おしょすいな

泥まみれでなく　ものおじして
とまどうような　こそばゆく
せかせかしながら　のどかで
とどのつまり
情け無しのような
あどけない魂のような

さりげないのは
おしょすいあかし

おしょすいのは
うつくしいあかし
うつくしいのは
おしょすい

猫

ねこのみみ
ねこみみくさい
ねこ

ねこのした
ざらりとなぞる
ねこ

ねこのつめ
えものをしずる
ねこ

ねこのひげ
ぴんとはりつめる
ねこ

ねこのねこ
のらねこなので
猫

佐藤岳俊

石包丁

ここに光っている石包丁
それは永い間　胆沢扇状地(いさわせんじょうち)の土深く
埋もれてきた人々の息の形
気もとおくなる二千年以上前　ここに
胆沢(いさわ)川の水あふれ　止々井沼(とどいぬま)展がっていた
どろどろ沼の浅瀬に　手で畦を塗り
籾種を蒔き散らし　発芽の苗をにぎりしめ
男も女も子供等も　裸足のまま
沼の泥田に苗を植えていったのでがす
さらさら　さらさら　秋風流れ
人々の前にずっしり重い稲穂揺れている
と　石包丁の二つの穴にヒモをつけ
荒れた指にくくりつけ　にっこり笑う男女子供等

さりさり　さりさり　さりさり　さりさり
稲の穂首を刈っていく　刈っていく
目を閉じると
中国揚子江下流の河姆渡(かぼと)遺跡から七千年前の
大量の米　稲作道具　土器に豚や魚　稲穂など
あざやかに刻まれていたのだった
あれは細長いインディカの稲で無く
丸く粘りあるジャポニカだった
戦火に追われた河姆渡人　土器に籾種入れて
東シナ海の荒波を越えて来たのだ
九州末盧(まつら)国（松浦）菜畑(なばたけ)遺跡　ここに
二千五百年前の水田跡　やがて筑後川
物部(もののべ)人と呼ばれた人々　大和の唐古(からこ)・鍵(かぎ)
登呂(とろ)遺跡をつくり　北へ北へとやって来た
ここに　止々井沼(とどいぬま)が展がっていたのだ
日本書紀・景行天皇二七年（九七）

「…東の夷の中に、日高見国あり…土地沃壌えて
　曠し…」。続日本紀・延暦八年（七八九）
「胆沢の地、水陸万頃にして蝦夷存す。
　撃ちてとるべし」

日高見川（北上川）中流の日高見胆沢
国家の侵略者　ぞくぞくやって来たのでがす
見ろや胆沢扇状地
止々井神社跡、四ツ柱、角塚古墳
高山掃部長者屋敷跡　残っている　今も
高山掃部長者屋敷　東西八五間・南北一六二間
なんでイロハ倉並んでいたのす
なんで角塚古墳が造られていったのす
じゃじゃじゃ　それはなー
止々井沼の稲穂がなす　胃を満たしたがらだど
時に胆沢川の水あふれ　濁流のうねり
大蛇となって胆沢人を襲いつづけたのす
人々は恐れ　沼に四ツ柱を組み
シャーマンの巫女　水神に祈祷させ
人柱を埋めだりも　したったのす
さよ姫　あの菜畑遺跡近くの松浦佐用姫

大和国家の侵略者　多賀城を発つ
延暦八年（七八九）五万八千人以上の兵
延暦十三年（七九四）十万人以上の兵
延暦二十年（八〇一）四万人の兵
胆沢の指導者アテルイそしてモレ
村焼かれ　人々殺されるジェノサイド
アテルイとモレ　坂上田村麻呂に降伏したのす
アテルイ・モレ斬首　だども彼らは生きている
石包丁　永い間地中深く息づいてきた胆沢人よ
石包丁の二つの闇の穴そっとのぞぐど
仆された人の眼玉になって光っている

渋谷　聡

故郷に

田んぼに水が入った
田植えの準備が始まる
もっけ*が鳴き始めた

新型コロナウイルスで
神奈川の姉や
アメリカの姉は
どしてらべな
ただ家さ居るべな
故郷の家のまわりは草がいっぱい
いつもなら
戻って来ては草を取ってけでらばって

東京の息子や娘も
どしてらべな
ただ部屋さ居るべな
飽ぎらがしてねべが
娘が戻ってくれば風呂の掃除とばしてけるばってなあ

田植えが終わり
しばらくすると六月が来る
九十二歳で逝った父の三回忌があるばって
誰も(だこ)来らいねな
きっと

緑の苗が揺れるこの故郷に

*もっけ＝蛙

雪と墓場

洲（しま）　史（ふみひと）

あなたの母も父もこの焼き場で焼かれ
ぼくもあなたといっしょに炎を見た
骨は翌日に拾われ　墓に納められた

都会の匂いをときたま山里へ運んできたひと
年老いても気品を持ち続けたひと
あなたは雪の積もるほんの少し前に
訪れた焼き場のある墓場で
あなたの一生を終わりにした

都会から　あなたの生まれたふるさとへ
バス停から墓場まで
よく人目に触れずたどりつきましたね

焼き場は　とうに使われなくなっていたし
生きる人も死ぬ人も少なくなった集落では
杉と朴の木に囲まれた墓場に
お盆の時期にしか訪れる人がいなかった

地震さえなければ
墓石を心配して訪れる人がいなければ
あなたの願い通り
あなたは雪のなかで半年　眠ることができたのに

雪の降る数日前にあなたは見つけられて
車で一時間以上かかる
こぎれいな葬儀場で焼かれ
焼き場のある墓場に骨が納められた

湧き水

家の裏に
お宮の山とナカの山の合間から
水が湧き出ていた
竹管で引いて
台所に　風呂場に
農機具洗いの池に使っていた
水量は豊かで　使い切れない湧き水は
小さな流れになって螢の川をうるおしていた
竹管が灰色の塩ビ管になっても変わらなかった

ある朝　突然　水が出なくなった
管でも外れたのか
湧き水のところまでいってみると
湧き水のほんの三尺ほどの上の
ナカの山に簡単な井戸が掘られ
湧き水は全て　黒い硬い太いホースで
ナカの家に引かれていた

抗議はしても
ナカがナカの山でやることだからと
ナカの山の下の我が家の山で
いくつか井戸を掘ったが
町営水道ができるまで　水には苦労した

小学生の私にできることは　山への行き返りに
山道を横切る黒い太いホースを
運動靴や長靴で踏んづけることだった
ホースはびくともせず水を送り続け
螢川はいつか涸れ川になった

＊ナカは屋号

島村圭一

街路樹(ガエロジュ)

こだな*1狭(シェマコ)いどごさ*2
植えらっちぇなあ*3

花咲えた時(ドギ)
葉っぱ色(エロ)変わた時(ドギ)ばり
喜ばっちぇなあ

葉っぱ　落っちゃ後(アド)の*4
恰好(カッコ)ばな
だあれも
褒めでな　けね*5
電線さ引掛がるからて

頭(アダマ)
スポって切らちぇも
誰さも愚痴(グヅ)こぼさねで
ホレッ
きょうつけして
兵隊さんみだえ*6
整列(シェエレツ)してる

暑(アッヅ)い日は
土(ツヅ)ん中(ナガ)で
水の匂いさがして
細こえ根っこだ
がおてすまで*7
手さぐりしてんなだべがなあ

冷(シェ)える日は
死(ス)んだみだえ*8

ねむてんなだべがなあ
えや[*9]
んねんね[*10]
何時か
陽炎の立づ
アスファルトば
下がら
突ぎ上げる
意思ば
鍛えでんなだ[*11]

ほうでも思わねごんたら[*12]
むつこくて[*13]
見でらんにぇもなあ[*14]

＊1　こんな
＊2　所に
＊3　植えられてなあ
＊4　落ちた後の
＊5　くれない
＊6　のように
＊7　弱ってしまって
＊8　死んだみたいに
＊9　いや
＊10　違う
＊11　いるのだ
＊12　そうでも思わなかったら
＊13　かわいそうで
＊14　見ていられないものなあ

清水マサ

新潟県　山峡の村で

おづれ　おづれ！　（降りれ）
いっこ　ごっしゃける！　（本当に腹がたつ）
私と一歳違いの従妹がリヤカーに乗った弟に叫ぶ
おづれは降りれの命令だと知った六歳の私
国民学校一年生

信越線から羽越線へと乗り換え
田ん圃道を歩くこと一時間
ようやく辿り着いた母の里は
織物業を営む我が家とは
雲泥の差の静かさだった

ようきたネシ
おおぎなって（大きく）　がっこうば行ったんだネシ
祖母は孫である私に山里の敬語で私と話した
家の裏には　鶏小屋　牛小屋　豚小屋が
一列に並んでいた
私は家に上がらずそのまま従妹達と遊んだ
家に入って座って「ごめんください」と
言うようにと母に言われたが
私にはその挨拶を阻む心の固い境界があった
それが何であったか成長するにつれて気付いたが
私は何気ない様子で従妹達と遊んだ

「ごめんください」と言うことができない
私の深奥に宿る他人への警戒と恥じらいは
大人ばかりの間に育った人見知りであったか
　ひやすみささし　（昼寝をしなさい）
西日が差す縁側の隣の座敷に夏布団を敷いて
祖母は私に言った

昼寝の習慣がなくましてや六歳の私は他家で
眠ることができずに眼をつむるだけだった
眼に見えない何かの力の怨嗟に引かれてか
過敏な私は母の里に着くと必ず病に伏した
体中の力が抜けたように立ち上がれず
医者が村を越えて自転車で駆けつけた

春休み中を病んで昏々と眠る私は
村道を彷徨い歩き生まれた日に還るのか
ようやく立ち上がり家路に着くのだった

私を身籠ったことに気付かず
婚家を出た生母は　再び帰ることを許されず
私は　実父の姉である伯母夫婦に育てられた

畑ば（を）耕していたら　土ごうぶれ（の固まり）が　おめさんの
頭に見えて　たまげて　ぎゃあと　叫んだわし（だよ）

一度だけ聴いた生母の言葉
私は　何の感慨もなく唯その声を聴いていた

照井良平

訛る田んぼアート

ホホウ　なるほどねぇ
これが田んぼアートって美ですか
なんとも見ごたえのある色艶だごど
自信に満ちた誇り（ほご）を放っている
やっぱり古代の精が稲に宿っているんだねぇ
　素朴で純粋な水っこを吸って
　ひたすら田舎（いなが）の大気の中（なが）っこを
カントリーサイドカルチャーを詠（うだ）ってね
自然の意識のある国っこだけに育つ
健康な心根を持った稲っこの美　なんだ
とケルトの妖精
アート爺さんが言っていだごどを
ふむふむ　と思いだす

そしてブラウンライスは玄米（げんめぁ）
この田んぼアートは種の進化の絵展
サブタイトルは
ライスヒストリーってなぁ
　稲作文化の歴史だ
などと訛った英語（えぁご）で得意げに言っていだ

だから　ほんだから
根も葉もなぐ誇り（ほご）を放っていたわけじゃねぇ
赤葉のべにあそびなどは
ほれ　色っこの目に見えねぁ奥（おぐ）から
　祖先は紫稲Ｂと奥羽観３８３号の燈だと
　生まれる前（めぁ）の明滅する名札っこから
　すでに紅の光っこを貰っている
とでも言いたげだ
ほら　こっちのあの風に揺れる穂波では
稲作文化のサワサワ音が聞こえるべぇ

アート爺さん曰ぐ
　その時その時代の稲っこ
　洒落た波の粒子　波動の会話だと

ホ　ホホウ　そうだったんでがんすかど
洗心に響く金波を発していだったんですか
と　ホホウ　ホホウする霊鳥が
田んぼを旋回していた

帰　省

斗沢テルオ

ふるさとは遠きにありて思ふもの
室生犀星が詠った感慨を理解できるには
少し若かったがそれでも
離れること一年たらずで我が生地を
故郷（ふるさと）と呼ぶに至る感慨は確かにあった

上野駅のコンクリートの冷たさも
徹夜で並んだ疲れも
必死で手にした一枚の急行指定券に癒され
想いは一気に故郷に馳せた
十五の冬
初めての帰省に俺はリキッドたっぷりの
七三分けに真っ赤なタートルネックと
すっかり一丁前の格好で固い座席に座った
十二時間後の故郷の正月を夢見て——
上野発常磐線廻り青森行は
そんな帰省子の土産物でごった返していて
車内販売が通るたびに立ち席は大騒ぎとなる
やがて酒が入りそっちでもこっちでも「うんだべ
そんだべ」と北の香（かま）りたっぷりの故郷談義
皆高度成長日本の立役者ばかりで
斯く言う俺も立派な金の卵となって孵化の前に
故郷に錦を飾ろうとしていた
盛岡を過ぎると田圃にうっすら明け方の粉雪
八戸に入るとそれは吹雪となって
車窓から赤い帯の十和田観光電鉄バスが見えると
懐かしさは一気に込み上げ
都会暮らしの辛さなど吹っ飛んでいくのだった
三沢駅の改札に母を確認すると
何故か伊沢八郎になってしまい

しかし抱き合うでも声掛け合うでもなく
唯ニッと歯を見せ並んでバス停に向かった
車内のほっ被りと角巻は皆旧知の仲に思え初めて
の帰省は少年期からの脱皮を実感させてくれた

ようやく辿り着いた我が家は雪に埋もれていて
その年は中学になった妹が餅をつき
大晦日の晩餐を司っていた
再会の満面の笑みは俺の真っ赤なシャツで一変し
「そったらの着て不良だダすけ」と詰め寄られ
言い返すとワッと泣いて奥に入ってしまった
「娘(めらし)になったベサ」と母は呟いた

帰省中の正月はいたって平凡で
数人の旧友と会った他は
炬燵から天井ばかりを眺めて過ごした
帰京の日も吹雪で
母とはやはり並んでバス停まで歩き
エンジン音が近づくと母は俺のポケットに
サッとなにやら押し込んで
「気つけんデ！」と言い残し踵を返した
元日に渡した仕送り分がそのまま入っていて
後部座席から振り返ると
吹雪の中で母は
いつまでも俺を見送っていた

これが社会人となって初めての正月
故郷の定義とは遠地であることと実感した
正月だった

永田　豊

唯一ゼロ

何してゼロなんだべ
隣りの県三つともあるのにな
不思議たでで眉根沈めるがしまいに笑うじゃ
たまに画面に出る知事も照れだように話す
感染者第一号には優しぐど知事が言った
第一号はやっぱりプレッシャーだべな

この間知人の通夜に行ったら　送る人
たった二人　誰も呼ぶやねどどつぶやいだ
朝がら夜まで自粛だ自粛だと騒いでる
マスクだ　手洗いだ　二メートルだ
コロナに打ち勝つまでは今生の別れもなす
いづがの時代に似だ様相だな

「第一号になったらここで生ぎて行かれねがら
　来てくれるな」ど
東京から葬式来ようどした肉親に
願った人あったそうだ
こんなにも自分を固く縛りつけねば
生ぎて行げねだったら……
この地はそんな強烈な申し訳なさで
成り立っているのだべが……
コロナが炙り出したこの絵の恐ろしいごど
コロナより怖(おっかな)くねべが
知事がしゃべった一言　本心だべが……
オレは信じだいが……
一歩でもはみ出す者は匿名の闇で
誹謗・中傷される　監視の網の目
コロナ後何が残っているんだが……

もう一つ　唯一ゼロで　その理由聞かれで
ある感染症の専門医が一言もらした
岩手県民は抑制的だど　いわば自粛的だど
確かにおっとり型で積極的だどは言われねが
歴史的にはそうでね時代があったど思うが……

東北がエミシと呼ばれ蔑まれ　大和政権に
服従・収奪を強いられでいだ時
敢然と立ち上がったのはアテルイや安倍貞任に率
　いられた岩手の人々だったでねが
江戸時代百姓一揆が最も多がったのは
岩手だった（最も貧しがったのだが）
黒船よりも日本を揺り動かした事件だど
大仏次郎をして言わしめだ三閉一揆
大逆事件や朝鮮併合に
怒りと悲しみの評議を残した　石川啄木
産声を上げたばかりの労農党を支援し
新しい時代のマルクスよと
若者に呼びかけた　宮沢賢治
じっと手を見でいだばがりでねがった……
我田引水ぎみだべが……

抗体のほとんどね岩手県の民
第二波　三波でコロナにやられるが
見えね敵を目に焼ぎ付げで斗うが
見えねのはコロナばかりでねが
気付いだら自粛に飼い馴らされ
垂れ流しの声に呑まれで自ら考えるごどを
放り投げでいねように
みんなの命ど生活を守るべぐ
色々な声音で声を上げねばねど思う
マスクの一揆よ　起ごれ

二階堂晃子

ふっこう

あっ　めっけた！*
五つ　ひかり　めっけた！
あれから　ずっと真っ暗だった
飯舘の川辺
蛍が　五つ　点るの　めっけた
おれらの胸に　灯が　点った

*めっけた＝みつけた

隈畔（わいはん）模様

隈畔*の空低く
一文字隊列の　オオハクチョウが
氷解のふるさとへ渡るとき
灰色の産毛を白く濃く輝かせ
ここで芽生えた結晶に　クワッ　クワッ
羽遣い加減と　空の軌跡を　教えてる

隈畔模様
阿武隈川を埋め尽くしたあの大出水の爪痕
色合いの違う草紅葉の堤防の上
宵の明星　金星から飛び出す如く旅客機
君のふるさとに機首を向け　後に短い飛行雲

橋に灯る街頭のオレンジ色　水面に落ち
ギザギザ光の柱　そこだけが揺れる波
リバーサイドホテルの明かりたくさん点れ
母子二人暮らしのタッ君ママの
稼ぎが増えますように

ずっとずっと前　白い羽群れの傍ら
しめし合わせて講義を抜け出し
「哲学」を熱く交し合い
揺らぐあやふやなふたりのときを確かめ合った
蒼かったあの頃　思い起こせば
いつも変わらぬ　受容の隈畔

ゆったりと揺れる柳のしなやかさ
君の飛翔の音は消え
芽吹く木々の音なき音が聞こえる
今日のよしなしごとを波間に流し
靴底に　経る年の芥を捨てて
明日もその次も　わたしは隈畔を行く

＊隈畔＝阿武隈川の岸辺

わたしは種

少女が紡ぐ物語

わたしは種
清らかな地下水と
受け継いだあたたかい土壌に宿り
四年間　芽吹く術を学んで
春　わたしは芽吹く

見渡す限り更地のふるさとに
幹を伸ばす
緑の葉に燦燦と降り注ぐ太陽は
思う存分の酸素を醸し
線量を押しのける
花が咲き　たわわに実をつける
小鳥はついばみ　くまなく蒔き尽くし
ああ　子どもたちがにょきにょきと芽吹く
広がる林に　木漏れ日求め
ふるさとの言葉があふれてく

わたしは　種
帰りたい場所　帰るべき場所
わたしが生きるわたしの未来を
取り戻す　種になる
一五歳になって
やっとふるさとに立てた少女の
頑なに描く物語

根本昌幸

故郷が俺を呼んでいる

帰るか　帰れないのか
故郷が俺を呼んでいるのだが。

むずかしいのだ。
俺の心も揺れているのだよ
ぶらんこのように。
向こうへ行ったり　こちらへ来たり　と
ああ揺れるなあ　ふらふらと
もちろん体も揺れている。
病気のために。
あれから　あの日から
もう九年が過ぎ
十年目になる。
年齢を重ねてしまった。

不覚にも
この俺は強い男だったのだよ。
昔は　若い頃は
当たり前だろう　そんなこと
誰でもそうだろう。
やはり頭も変になったか。
驚くことはない
もともと変なんだ。
今日も夕陽が西の山脈へと沈んでゆく
一日のうちでもこの時間が好きだ。
俺は南の方を向いて
頭を下げる。

帰るか　帰れないか
故郷が俺を呼んでいる。

壊れた街で

今　何かが崩れていきます。
なんでしょう。
大きな音がしました。
あれは家ではないですか。
長年住みなれた家が
人の手によって壊されていくのです。
悲しくなって涙が出ます。
思い出が消えていきます。
古里が無くなっていきます。
ここで遊んだのです。
弟や幼馴染と
好きだった犬もいました。
牛や山羊もいました。
豚もいました　鶏も
それから小鳥も
なにもかもが消えてしまいます。

記憶の中から。
丘も小川も
小さな林も
ここで遊んだのです。
返してください。
たくさんの思い出を
いろんなものを

更に大きな音がしました。
もう終わりです。
悲しさだけが募ります。
あなたは悲しくないですか。
悲しいのは街に住んでいた者だけです。
何年過ぎても　いくつになっても
同じことです。
そうして消えていくのです。

この地球から。

Ⅱ　東北　根本昌幸

小さな冒険

松崎みき子

山間の沢の道に興味があり
地図を見て近場の山の沢に入って行く
そんな小さな冒険みたいなことをしていた
夫が運転する軽自動車の４駆は
荒れた道もよく走る
そこは抜ければ遠野に着くと言う沢だった
誰がこの道をなんのために伐りひらいたのだろう
　人っこの気がしない分だげ苔石の多いごど
　沢っこの水のなんと淑やかな
　　話っこかけられたようだ

至る所で腐れかけた木々が目についた
それらの木が道を塞いでいないのが不思議なので
夫に聞くと杉山が多いので
山道に入って管理する人がいるため
通れるのだろうと言う
山深く里より遠くなると
小鳥の声もしないのか心配になってくる
見上げても空は見えないほど木々は伸び
かすかに漏れてくる明かりは
ミルク色をして優しかった
先行けば全体の空がみられるだろうか
進むことにこだわりはないけれど
　六十もすぎたおらの手はググっと
　拳になって顔っこは真面目に前さ向いでいだ

いまさら夫婦で冒険ごっことは如何なるものかと
本来ならば温泉に出かけているはずだった
世の中を混乱させているコロナウィルス
感染防止策の自粛生活に三密なるところは行けない

休館となった温泉地も解除されずにいた
夫はアスファルトの道路の街育ち
私ときたら海の近くで生まれ
山はあまり知らないが超がつくほどの田舎育ち
夫はどうやらさもない山の沢道に
興味があるらしい
熊とかでたらと思うとウオーである
そんなところで迷わず陸前高田から
住田町の山間の沢を抜け
くねくねとした細い道を車は走る

低い山を越え
遠野の外れの集落に2時間かけて出た
出道には何件か廃墟となっている屋敷あとがあり
随分の時をながしてしまったかのように
屋根が落ちて蔦が絡まり

霊気に満ちていた
少子高齢化の田舎の先行きをなんと捉えよう
私たち夫婦の子供等も都市へと出た
　家っこは住めればいいが
いよいよとなったらしっかど片付けねばと
車につけた熊よげの鈴のカラン　カランと
鳴るごど　鳴るごど
思わず夫ど目あわせ笑ってさ
地図っこにも載んないような山の沢道を
無事に抜げで陸前高田に帰る
初夏の風の爽やかさの沁みるごど

Ⅲ　関東

今は亡きアズマ言葉を偲んで

黒羽英二

茨城千葉出身の両親から東京で生れて育ち、群馬太田の呑龍様に初詣りして武蔵埼玉の山と水で遊んで育ち、昭和四十年から今日まで五十六年住み続けている相模大磯とくれば、マサカド様ではないが、アズマの申し子と名乗ってもおかしくないと思うのだが、その私が、もはやここはアズマの国ではない、とさえ考え込んでしまった事例の幾つかを紹介してみたい。

その一つは大磯駅前の駐輪場でのこと。出勤時間を縮めるために、歩けば二、三十分かかるところをＪＲ大磯まで乗って来る自転車置き場で砂利を敷き詰めた狭い敷地に老管理人一人で通勤を急いで乗り捨てられた自転車のすべてを巧みに詰め込む名人なのだが、仕事を終えて帰って来た時、自分の自転車を取り出すのが一仕事で、力ずくになることも屡々。「こうやってみんな寄しっちゃうだいね」と怒気露わに罵声を飛ばして、私の同意を求めたのだが、そのとばっちりを受けた半世紀昔の場面を昨日のことのように思い出すのは、定年真近の男の、駐輪場管理の老人に対する怒りと私の同意を求める言葉で、自転車を寄せ集めてしまうからその位置がわからなくなっちまうんだよ、という怒りの言葉だったことを、その時は時間をかけて反芻しても、半ばしか理解出きず、半世紀かけて理解した「寄しっちゃうだいね」という相模辯も、今では私ほどにも理解出来る者は皆無になった事実を知って、寂しく哂うしかない事実に、愕然とするばかり。

同じ思いを起させた疎開先の成田周辺でも、「んなことあんめえよ、いしゃ」「おどに明かっしゃうかんな」。巨大な火の玉となって墜落してくるＢ29を見て、「てんねえよう」。もはや同じ北総台地に暮らす誰にも通用しない寂しさだが、せめて詩の中からでも聴いてみたいと思うのだ。

このまちのバスにのって

小田切敬子

雲が　あかねいろに　そまるころ
カミツレ苑ではたらいていた壮年が
背におもいリュックを背負って
ゆっくりと　のってくる
一本の苗に　1・2・3……20
数えながら水をやって
つぎの苗にうつってゆく
どんな炎天下でも　ね

べつの停留所で　のってくるのは
きねずみ園で　はたらいていた青年だ
大きいミトンの手から　ひまわりの種をたべる
しっぽの大きい　タイワンリスの世話を終えて
ホラ　オルガンが風に鳴っている
指をたてて　耳をすませる　青年

べつの乗り場から
森のひあたりで　はたらいていた
おとこたちが　のってくる
くぬぎのホダに　菌をうずめて　水に漬けたり
陽にあてたり
かついで　あちこち　積みかえたり
りっぱなきのこをそだてる
たくましい　掌を組んで

このまちのバスにのっていると
ひとりごとを　鼻歌で　となえる
おじさんが　のってくる
ひたいに　かざした　てのひらの
ひらひらとした動きに　みとれている

おばさんが　のってくる
杖をついたおじいさんが　のってくる
手押しくるまのおばあさんが　のってくる

美濃部革新都政のときが　あった
大下革新市政のときが　かさなった
全国から　水が流れこむように
困難をかかえた家族が
このまちに　うつってきた

困難が主人公だったから
困難にあわせた居場所を
山ほど　開拓した
カミツレ苑　きねずみ園
花の宿　森のひあたり
おかあさん　おとうさん
職員　教員

市のひと　都のひと
みんなで一点をみつめていた
もう五十年過ぎたのだ

あのころのこどもたちも
日々の仕事の雨風に刻まれた貌立ちの
人生を背負った
同輩だ

あっちこっち　足踏んばって
つかまりながら
揺れに耐えながら
あかねいろに　そまりながら
あのひとたちと　いっしょに揺れていたくて
このまちのバスに　のりに
ゆく

黒羽英二

ふるさとはどこだ

一体全体
いしあ（お前は）どこで生れただ?
なんちこといきなり訊かれたって
おいそれと一口で答えられるもんじゃあんめえよ

と久し振りに喋ってみたら
意外にすらすら淀みなく
出て来た下総の言葉に驚き思わず頬が緩んだのは
母の国の言葉だったからで

物心ついた頃から幾度となく
数え切れないほど東京市麻布区材木町から
上野我孫子経由の成田線安食まで汽車で一時間
下車してから一時間歩いた泊りがけの祖父の家は

豊住村興津というところにあって昭和二十年三月
十日深夜来襲したＢ２９三三四機東京下町襲って
焼夷弾四八一九四発零時八分から二時間三七分の
間投下して十一万超える死者生み夜空を焼いた

四月に疎開転入した成田中学で速成の下総語喋り
同級上級二、三年生の暴力避けられたのは
英語暗記の自慢の腕を下総語にも適用したからで
誰が聞いても生まれながらの下総男の言葉だった

広尾の日赤病院に生まれ麻布材木町に五年目黒区
中根町に五年世田谷四丁目に四年麻布真田伯爵邸
信州訛の東京語話す書生等闊歩し隣接の芬蘭（フィンランド）端典（スウェーデン）
波蘭（ポーランド）公使館連なる庭園今は六本木ヒルズとなる

八雲尋常高等小学校世田谷国民学校地元の子二割
転校入学した時の担任は鹿児島の中年退役軍人で
一月後の十二月八日に始まったのが「大東亜戦争」
小五の担任は結核で入院したが宮城の人だった

広島から転入学の将校の子は「わしゃノオそれで
ノオ」と語り茨城の子は「今朝メシ食えなかった
だよ」と尻上り「いなかっぺ」と笑う地元の生徒
福島県境から五里の水戸黄門隠棲の佐竹城下町

常陸太田に近い北茨城出の父の言葉にイとエを同
じ音で話す父の口元見て不思議に思う子の小学生
の自分には笑うどころか今や利根川渡れば東京ま
では一跨ぎの近距離なのにと不満だった

丸に一文字の家紋は那須家の標で八溝山地を袋田
の滝の先で越えれば那珂川沿いの黒羽こそ那須の
国下野より独立して五百年の支配築いたのは鉱物
資源の王の金のみに頼らない帰化人の技術取入れ

そのまま那珂川に合流する黒川少し遡れば白河関
まさに東北の入口の常陸の父と筑波霞ヶ浦に続く
「香取の流れ海」という名の徳川政府付替え「人
工利根川」出現まで港の「興津」の母が父母とは

縄文弥生古墳城址の遺跡の岬興津六〇世帯参百人
アイヌか白人かと見分けられない二〇世帯と眼吊
上がり平らな顔長身のからだに載せた朝鮮半島含
めた大陸系二〇世帯色黒南方系の世帯二〇の今日

結局いしあ（お前は）下総　常陸　武蔵　下野
磐城の全部が故郷だどって言いてえのか

香野広一

阿武隈川に癒やされた日々

急な坂道を
あえぎながら登って行くと
栗の細長い花房が
地表に向かって
幾筋にも垂れ下がっていた
白い花の香りは
体内に染み込むように強烈であった

ぼくば栗の木の下を
逃げるようにして
小高い丘に辿り着く
すると眼下には
あぶくま川が

ダムに塞き止められて
青々とした水嵩が
山と山の間に静止していた
遠くを見渡すと
あだたら山の美しい姿が
目に飛び込んできた

ぼくは戦後の物の無い貧しい時代に
夏休みのほとんどを
あぶくま川のダムの下で遊んだ
近所の友だちと一緒に
水にもぐりながら　素手で
石の間から魚を捕えた

夕餉の食卓には
こんがりと焼けた川魚が
大きな皿に並んではいたが

米粒の入ったご飯は無かった
いつもさつまいもとすいとん等で
我慢の日々であった

空腹の連続ではあったが
あぶくま川を眺めていると
何故か慰められて
希望だけが身体のどこかに
詰め込まれているような気がして
連日　足を運んだ

佐相憲一

横浜記憶爆破未遂事件

波の音はさ
岸壁があって響くものだ
ぶつかるあてのない波は
黙って揺れるばかりだね

ふるさと礼賛に走っちゃおしまい
爆破でいいじゃん
そう思ったんだね
ひとの心のなかまでは埋め立てられないから

殺したかったんだね
激辛のオモイデ
かたしちゃいたかったんだね

どんより工業地帯みたいなユメの廃棄物

郷愁パスポートを見せろって？
恨み節を残らず申告しろって？
二礼二拍手一礼　サンマーメン
かったるいから　ばっくれろ

マグロがあがったって？
ホトケとホシは同一人物？
アーメン　ハレルヤ　即身成仏
よかったじゃん

世界優しさコミューンの樹立とか
全宗教全思想融合の新原野とか
ハナクソ革命による社会通念ひっくり返しとか
しょうもない幻を追いかけて波止場にいたんだべ

港南台自由草野球サッパリーグ
どさん子ラーメン裏ベースボール
国内盤の出ない輸入盤洋楽レコード
チャイニーズモダンな夕暮れのぶらぶら

スタジアムが昔は遊廓だったように
ドヤ街が昔は田んぼだったように
観光地が昔は海だったように
首都の子分が昔はセキショク自治体だったように

まっ白な塀の向こうにひっそりの
横浜刑務所、横浜少年鑑別所、横浜拘置所
そこにいるひとりひとりの道のりも
明日は何か違う方向に光るかもしれないさ

心のベースラインはジャズくらい太くありたい
生きるリズムがブルースだったらまだ大丈夫

ソウルミュージックが湧き出るならば
かなしいことをかなしいと叫べるだろう

ヨコハマハーバーポリスステーションよ
横浜水上警察署の英訳がそれでいいんなら
埠頭よりも水の上が港の本性ならば
こなごなに散った理想の波をひと掴みに捕まえろ

ぶつぶつ言いながら大桟橋の突端で波を聴く
いつだってぶつかるばかり
それでいいじゃん
大空をカモメが旋回しているね

佐藤　裕

わが街　横須賀

米海軍基地
どぶ板通り
戦艦三笠がとどまる三笠公園
坂の多い街並み
トンネルの多さ　日本一
崖の上に建つ　家　家　家

小泉進次郎と
滝川クリステル
上地雄輔
お父さんは　横須賀市長

古くは
渡辺真知子
山口百恵
京浜急行横須賀中央駅は
横須賀ストーリー
堀ノ内駅は
かもめが翔んだ日
久里浜駅は
秋桜

食べ物は
横須賀海軍カレー
ヨコスカネイビーバーガー
キャベツやダイコン
メロン　スイカ　カボチャ

ペリー上陸記念碑
軍港として栄え

敗戦後は
米軍艦の事実上の母港
防衛大学校　高等工科学校
第一一七教育大隊
陸上海上自衛官が多く住み

この街に生まれ
この街で育ち
すでに　六十年以上が経って

人口は減り続け
中心街は
パチンコ店
コインパーキング
タワーマンションには
熱烈中華食堂　日高屋
あなたの身近な衣料品店　柳屋

お財布にやさしい　店　店　店

三浦半島のどん詰まり
横浜川崎には及ぶべくもなく
相模原藤沢にも追い越され
鎌倉逗子葉山は
それぞれ　孤高を保っている

それでも　横須賀が好き
たまらなく　愛おしい

風光明媚
異文化が交錯し
いにしえと今が混在し
老若男女を優しく包む
潮風　横須賀ことば

志田信男

異次元のふるさと
――係留する蜘蛛の糸

生まれ育った場所　ふるさと
それが郷土だそうだ

東京都江東区深川二―二五―四
モノクロのセピア色の世界が
僕を係留している
そこは戦後七五年の今も
僕の本籍地である

江戸っ子だってね　深川の生まれさ
一九三〇年代の下町は
江戸の延長だったね

今はない異次元の世界だ

朝　豆腐屋のラッパの音
あさり売り　煮豆売り　納豆屋さんの声が
露地に響く
とおーふぃ　とおーふぃ
えーなっとなっとーなっと
あさーりーしじみー
あっさりー死んじめー
子供たちはパロって騒いだ
えーいわーしこい　一心太助が通りかかる

日がな一日　下町は賑やかだった
小さな屋台のおでん屋さん
腰の曲がった優しいおじいさんが
コンニャクに甘い味噌をぬってくれた

毒消しはいらんかねー
紺がすりに赤いけ出しの薬売りのおねえさん
毒消しはよく利いた

一番の見所は
富岡八幡宮の夏祭り　水掛け祭りさ
わっしょい　わっしょい
さーかーやーのーけーちんぼ　水まいておくれ
ざんざか　ざんざか　わっしょい　わっしょい
子供御輿も肩が痛い

戦争の季節がやって来た
軍靴が国中に響き　連戦連勝
提灯行列があり　花電車は満艦飾
万歳！　万歳！　万歳！
がそれも束の間さ
大本営は大戦果を報じ続けたが

大嘘だった
嘘吐きは泥棒の始まり　よくないね

そしてふるさとは灰燼に帰した
一九四五年三月十日　東京大空襲さ
焼け残った母校明治小学校の屋上から一望すれば
ふるさとは一面の焦土
くすぶる異臭と白煙の彼方
ビルの残骸以外さえぎるもののない地平に
真紅(まっか)な大きな太陽が昇った

それから七五年
以来僕は都心に住んだことはない
僕は本籍地という一筋の蜘蛛の糸で
ふるさとに係留されている

郷土の雨乞い祭り

鈴木文子

ツーツーヒャラリコヒャ
ツーツーヒャラリコ　ツーヒャラリコ
津久の重次郎さんが
津久へ登った　エーヘンヤー

ふるさと　千葉県野田町
津久舞は上町・中町・下町がリレーで担当する
夏祭りのメイン行事だった
祭りの発端は
享和二年（一八〇二）大旱魃にみまわれ
町が主催した　雨乞い神事に始まる
重次郎さんと呼ばれる津久男が
津久囃子と共に　町中をねり歩き

津久柱が立つ会場に戻るのは
夜中　一二時過ぎ
宵津久が　明け津久になるのは毎年のこと

津久柱は地上五二尺（約十六メートル）
柱の頂上には　十字架と醤油樽
蛇体と呼ばれる　金具が取り付けられ
雨蛙に扮装した津久男が
曲芸を演じながら柱に登り始める

ツーツーヒャラリコヒャ
つくの重次郎さんが
つーくえ登った　エーヘンヤー

お囃子につれ　登ってくる雨蛙を
大蛇が飲み込もうとするが
金具のクツワに邪魔され歯が立たない

大蛇は怒り狂い　身をよじり大あばれするが
重次郎さんは　頂上の醤油樽に立ち
破魔弓を四方に射ると
さらに大蛇は怒り狂い　身をよじりあばれ
ついには雨雲を呼び　雨を降らすと
津久男重次郎さんが
綱渡りの技を披露しながら地上に向かう

夏祭りが近くなると　あの日の記憶が飛んでくる
今は無い　津久舞　遠くなった故郷

＊『勝鹿名所志』によると津久舞は、大和民族が山から降りてきたという伝説から、山の神にまみえる式典。茨城県筑波から伝わった舞なので、筑波をつめて「つくまい」となった。

浜江順子

いつも多摩川とだった……

川の光は
沈むことを知っているから輝くのか
底の底まで知っているから輝くのか

午後まだ浅い多摩川の細い土手で
母との散歩の途中
偶然、玉城先生に出会ったのは
川霧ぐらい霞むかなた昔のことだ

先生は
短歌のことでもあれこれ考えながら
雑草たちの揺れを鋭く見詰めていたのか

少し言葉を交わしただけだったが
いつものように先生は
川の水面のように飄飄としていた

母も丸い微笑みを浮かべながら挨拶をし
先生も穏やかな水で応えたが
瞬く間に野の風のように消えた

先生も
母も
すでにこの世になく
川は生も死も飲みこむように
うらうららと流れている

川は死にたたみかけ
死と割合うまく一緒に歌を歌い
死を下流へ下流へと

昼も夜もなく押し流してゆく
ゆらゆら歌いながら
ゆらゆら呼吸を整えながら

土手の草たちの鎮魂歌を無言で聞き
虫たちの小さな祈りを時折、沈黙させ
ゆらら、ゆらら
ひたすら流れてゆく

清げに
いや、時折、濁った水を存分に湛え
どす黒い鯉もかかえ流れてゆく
白鷺や川鵜もずんと抱きかかえながら
すべて何事もなかったかのように
流れてゆく

本当にそれは心地よいやら
本当にそれは怖いやら

時折、嵐に荒れ狂い
川幅を天の口のように大きく広げ
きらめく星に、輝く朝日に、何かを呪いながら
何かを消失させながら
軽く口笛を吹いて今日も流れてゆく

註　玉城先生とは歌人の玉城徹先生のことである。先生も日野に住んでいた。都立多摩高校時代、三年間、現代国語を教えていただいたが、当時、私は授業を聞くでもなく、ただぼんやりと青梅の多摩川の風を受けながら、頬杖をついてを何を思っていたのだろう。

中天の月

星　善博

伯母（おんば）が亡くなった
四十二年ぶりに故郷に帰る

故郷　こきょう　ふるさと
どう書いても　どう読んでも
十八で出奔したわたしには　なじまない

太陽は東から昇り　東に沈み
月は中天にかかったまま
満ち欠けを繰り返している

三年かけて新築したはずの家は
昔のままのトタン屋根で
きしむ引き戸を開け　仏間に入ると
母の手料理が卓袱台いっぱいに置かれ
父がぶつぶつ文句をつけている
早く着替えろやぁ
祖母が指さした方を見ると
衣紋掛けに　白い装束
その前に　白木の棺（ひつぎ）が置かれている

仏壇はほこりだらけで
倒れた祖母の位牌の上に父母の位牌が重なり
干からびた果物から位牌の方に
つうっと一本　蜘蛛の糸がのびている

のみこめないまま立ちつくしていると
勝手口から　どやどや
いとこたちが入ってくるなり言う

なぁにそんな格好してんだやぁ
きょうは御前（おんま）の葬式だべやぁ
言って棺の方をやはり指さす

わたしは聞き違えたのだ
「おんば」と「おんま」を
あるいは　はかられたか

あっという間に棺に入れられ　蓋をされ
その上にさっきの料理が運ばれ
にぎやかな声が聞こえてくる
まだ残っていたのか　この土地の還暦のまつり
それにしても
読経の声まで聞こえてくるのはなぜ?

気づけば　ほこりだらけの仏壇の
どうやら白木の位牌のなかに
閉じ込められてしまった
とんとん　とんとん
内側から位牌の壁を叩きつづけるが
親族は供養のあとの食事に夢中で
誰も気づいてくれない

死者はこうして　無限の時間を生きていく
わたしは
中天に満ち欠けを繰り返す月を思った

とんでもない

三ヶ島千枝

ラジオを聴いていたら
解説の人が
「とんでもない」と言った
「とんでもない」
最近あまり使わなくなったことば

看護師から
農家の嫁になった私
習慣の違いか
毎日ぎくしゃくするところがあり
自信を失いそうになって
そんな時まわりの人が
「とんでもない」ということばを

よく使っていたのに気付いた
頂き物をした時
困った時手伝ってもらった時
「うっかり忘れていたわ」などと言われた時

「とんでもない」は
日々の生活の潤滑油だった
ギシギシした戸が
「とんでもない」ということばを使って
自動ドアーでスーと開くようだった

ラジオを聴いて
久し振りに思い出したことば
「とんでもない」

電飾看板

夜は人通りもまばらな
住宅街に
ある日突然のように
派手な電飾の看板が二つも立った

毎日のように語り口が違う
女子会・婦人会・大歓迎
小さなお子さまでも安心して楽しめます
おでん・焼き鳥・もつ鍋・おつまみ豊富
カラオケ・和風居酒屋
従業員募集中

店の中を覗くと
テーブルに椅子席
お酒を飲んでゆったりと寛げるかしら

それにしても看板が派手すぎる
ここは新宿歌舞伎町じゃない
二十四時間火花の出そうな
赤い電飾が
ギラギラ客を誘っている

水崎野里子

ドヤを探して
――ビリケンさんと通天閣

大阪で宿泊所を予約　天王寺駅に近いとのこと
いざ降りたのは今宮駅だったか？　動物園前駅か？
恵美須？　もう忘れた　歩き回った末　なんとか
着いた　入口ドアは押して入る　テーブル
ソファ　奥に自炊用台所　観光案内多数

普段着のおじさん　テーブルでコンビニの
お弁当食べてる　若い長い髪のおねえさん
座ってテレビを見てる　江戸時代の江戸の
大火事の話　一緒に観る　無料珈琲を一杯
マスター出て来る　親切　こんにちは
東京から来ました　一泊お願いします

翌日　宿泊所とリンクの食堂で朝ご飯
宿を出て右手に歩き　交差点を渡る
渡ってすぐとのこと　行ってみた　あった
券を出す　おいしかった朝ご飯　結構豪華
宿に帰る　おじさん　おいしかったわ　お茶も
それから　今日は日曜日　通天閣へ上ろう
マスターに行き方を聞く　すぐそこよとのこと
大通りを左に歩いて　ガード下を抜けると見える
そこで　いざ出発！　おじさん　さよなら！
左手へ歩く　たしかにガード下があった！
くぐる　新世界だ！　焼き鳥　串カツ　おでん
酒場　お寿司屋も　通天閣は　その彼方
はるかに聳えていた　天へ！　ひたすら歩く
着いた！　展望台へ上る切符を並んで買う
若い人々で一杯　ゲーム　通天閣メダル

お土産を売る店を過ぎ　展望台へ　上る
エスカレーターごった返す　最上階に着いた
あ！　あれ何？　ビリケンさんだ！　ビリケンが
　いた！

金色光る福の神　にこにこ　記念写真　千円
しかたない　支払った　パチリ
ビリケンは　ソウルに住む私の小さな孫に似ている
なんとなくユーモラスな　にこにこ神様　福の神様
ハッピーの神　脚を撫でると福が来る　撫で撫で
はるかな大阪　街並み展望　ぐるりとガラス壁
サンヤ　カマガサキ　今は消えたドヤ街
かつて　半島から来た労働者　家出少年を養った
かつてのドヤのど真ん中　聳える通天閣　いつか
ソウルの孫と上りたい　上ろう　上りましょう！
リュック背負って　ね　おばあちゃんと

上ったのは　実は　コロナ騒ぎのはるかな以前
今　大阪・東京間　コロナ騒ぎで　行けません
孫のいる　韓国ソウルにも　行けません
ドヤを探して　ビリケン神様に出会った記憶
あかんぼ孫の面影　今は貴重　いとしい記憶

わが街　街角二つ　よく似た裏町　都会の喧騒
ふるさと遠く
衣打つなり　ボクちゃん　元気でね
ビリケン神様　ナムナム
小さき孫を　守り給へかし

（初出「詩人会議」）

山内理恵子

下町の牛乳屋さんは

連休中の配達も頼むと
これで　オレッちの給料も
安泰ってもんだ　といって
そらした胸を自分の親指で指した
どこか　江戸っ子でポップな感じのする
牛乳屋さんが　連休明けに
集金にやってきて
ゴールデンウィークは　どうだった?
いやいや　ほとんどおウチにいたよ
緊急事態宣言でてるしさ
ふうん
オレ　釣りいったの
イエのまんまえ中川だからさ

で　休み中、釣り三昧
へえ　そいでどうだったい?
いっぱいスゴイが釣れた
スゴイ?
うーん　ちょっと骨っぽくて
オレ　あんまし食わねんだけど
みてた　インドネシアの人が
欲しいってんで
みんなやっちゃったよ
へえ
あー　でも最近
インドネシアもスゴイっていうじゃない?
未来都市みたくてさ?
でーもさ
むこうそういう料理あるみたいし
日本とどこ違うって
ハングリー精神みたいもんが一番

違うんだな
家族いっぱいいるし
こーんなあるもんみーんなもってった
ふうん？
でも　よかったじゃんか
喜んでたんなら
まあ、ね
あ、そいから
オレ、釣りしてたら
ケーサツ　呼ばれちゃったの
え？　オイ、オイ、あんた
何しでかしたんだい？
ん、じゃねくてさ
夜、釣りしてたらねちゃってたの
子供がさ
さわっても起きねえもんだから
驚いて通報したってワケよ

ほっといたら
川におちると思ったんだろうな
だから　きたって　ははあって
あいさつしてさ　スンマセーンて
ここったへんの子は
いい子が多いよな
ふん、ほんと
やんちゃはすんだけど
根がやさしいよな
じゃ、今月は一五三二円
ん、ハイ　おつり
じゃ　また　来月　まいど

＊スゴイ＝こう聞いたのだがいまいち記憶があいまいだ。川でよくコイを釣り上げているのをみるのでコイの一種だろう。

吉田義昭

一瞬の虹

雨上がりの朝
空に雲はなく消えそうな虹
遠く東シナ海が見える
曲線を描いている水平線
波はいつも穏やかそうだが
小さな島々に弾かれ輝いていた

もう忘れかけていた葬儀の日
いや忘れようとしていたのか
妻の遺骨は軽すぎたが
もう思い出すものはないと
嘘をつく　ごめんね
でも本当の嘘だったのだ

妻が死んで一年
小さな遺影と一緒に
故郷の海に架かった虹を見ていた
空から降ってくる私を呼ぶ声
もう妻の声は聞き飽きたと
嘘をつく　ごめんね

この海は何を隠していたのか
虹は一瞬で消えるから美しいが
遠い昔　折り紙で作った船で
父母は台湾から三日もかけて
この海に辿り着いたと聞いた
血縁たちの海の歴史は消せない

私の人生の余白とは
妻と生きるはずだった残りの人生

かつては父母や妻と見た虹なのに
誰も思い出せぬうちに一瞬で消えた
血縁がひとりずつ虹の上へ
昨日は愛しい叔父の葬儀だったのだ

人生は一瞬で消えるものだけが美しい
もう何も失いたくはないと
嘘をつく　ごめんね
でも本当の歴史だったのだ
私は余分なものを抱えすぎた
私はあの虹の上でも生きていける

IV　中部・北陸

生産点に立って

金田久璋

　一編の詩に詩的リアリティをもたらすために、「生産点に立つ」ことをとりわけわたしは重視してきた。今更ながら、古い言葉である。社会主義リアリズムや労働者文学のはるかな昔を想起させる。かつての新日本文学会の落ちこぼれで残党であることを自ら白状しているようなものだ。とはいえ、詩もまた虚実の被膜に成り立ちうるなら「実」の方に重きを置かざるを得ない。生産点というのは労働の現場ばかりではない。日常の生活や風土を根拠に生み出されるものにほかならないからだ。美を衒って、虚構に重きを置くのは所詮空虚でしらじらしい。

　とりわけ風土は地方性をおびている。本章の「北陸・中部」は日本の中央部、よく言われる「へそ」に位置しており、太平洋と日本海にまたがる。まさしく日本を横断するフォッサマグナは言語・風俗風習・国ぶりを分かつ重要な分岐点である。文学、とりわけ詩が面白くないはずがない。

　とはいえ、わたしが住まいする福井県の若狭は、実は方言学の分類上「北陸方言」ではなく「近畿方言」に属し、現在の地方の分類では北近畿に位置する。そこに、十五基もの原発が集中する、日本一の原子力発電の三密状態が現出する地域でもある。事大主義の権化と化した化学文明の妖怪。尋常ではない。風向きにさえ、精神がことさら過敏にならざるをえない。過敏すぎては生きていけない、過酷さを条件づけられた辺土に住んでいる。いつ黙示録のにがよもぎ星（チェルノヴィリ）が落ちてくるか、知ってか知らずか、人々は平然さを装いながら生活している。

　寄せられた作品は十編、各方言や俗語、「心のふるさと、郷愁」に分類される佳作ぞろいである。いずれも寓意や叙事性を秘めている。そこに、もしかしたら大衆との接点を無化しがちな難解な比喩を超える契機があるのかもしれない。山本太郎が提唱した「歌い語り」の詩法。今こそ見直してもいい。

池田瑛子

らふらんす

幼い頃
町に二台あった　赤い自動車
〈らふらんす〉と教えられた
小学生の頃もずっと
消防車を〈らふらんす〉と思いこんでいた
まあるく　やわらかい響きが好きだった

おとなになり　そんなことも忘れてしまっていた
　けれど
何十年も経って
香りのいい西洋梨
ラ・フランスが街に出まわるようになった
「ねぇ　消防車を昔〈らふらんす〉って言わな
　かった？」
夫に訊くと
「知らんなあ　らふらんす？」
おたがいの生家が四キロほどしか離れていないのに
「消防車は消防車だよ」とそっけない
あれはわたしの錯覚だったのかしら
フランスと関係があるのかも……
謎は謎のままになったことも忘れて
何年も過ぎ

そして今日
何気なく読んでいた新聞
とやま弁大会の記事にあった！
大正時代に富山市に初めて導入された消防車は
外国のラフランス社製だった
ラフランスは富山弁で消防車を指すと
やっぱり〈らふらんす〉と呼んでいたのだ

心のなかで
　ら
　ふら
　ん　す
迷子だったやさしい言葉が
昔の町へ帰っていった
赤い消防車になって

市川つた

あしおと

静かで穏やかで　晴天の
ふるさとの海に会ってきた
小さな波が寄せて返して
冬の海が背を撫でてくれる
左に首を回すと
秀麗富士　そんな形容ではなく
豊かにおおらかに裾を引いて
普段着の富士が見える

波消しブロックはいつもより遠く
渚は削られ　足許の小波は
ささやくように冬の海を慰撫し
義弟に付き添われて波打ち際まで

子どものころは静濱村
静岡と浜松の中ほどだからと祖母
親しんだ静濱村から
大井川河口だから大井川町になり
今は焼津市を掲げている
ふるさとは成長した

ふるさとを離れて六十余年
ふるさとの海を恋うのは
此の静けさ　この侘び
母と祖母の後姿とわたし
潮騒と小砂利踏む　あしおと

「えぇかぁ　からだぁ気いつけてなぁ」母の声

メダカ

岩井　昭

メダカちてどぉゆうさかな
ここらへんでもおるの
あれ！　メダカもしらなんだの
メダカなんかそこらへんのみぞに
うじゃうじゃおったわ
どこのみぞにおるの
うちのまえのみぞよ
あんなどぶなんかにメダカおるの
フナやモロコやナマズもおったんやぞ
ほんならメダカいっぴきぐらぁおるやろか
エビガニぐらぁしかおらんな
ちょっときたなすぎるで
もういっちょまえのみぞうまっちゃってあらへんし

そのまえはおがわやったがいまはふたしてほどうになっとるであかんし
うらのほうのみぞもみんなコンクリートになっとるし
ほんならおらんやろか
ちょっとまえまでいっぱぁおったでどっかにおらへんか
ちょっとまえっていつのことやの

のあそび

りやかーの
へいこうせんの
くさのあと

ののみちに
だれがむすんだ
くさむすび

ざりがに
どじょう
さわぐみぞ

ひっかけ
つまづく

いたずらに

だぁれも
いない
とおいそら

のあそび
あおいひ
ほうかごの

臼井澄江

あなただったのか

緑風を受け
山林へ　茶畑へ　竹薮へ
どの径にも緑はおおいかぶさり
全身みどりの冠に包囲される
出戻る道は見えない
緑色をまとったまま　山野を歩く
呼び寄せ　呼び寄せられて
山村で共に暮らした人の歩み
夫の肌も体内も緑の染色体になっていたか
緑色の共有をたしかめながら

山のむこうから
こだまをくり返しくり返し

呼びつづけていたのは
　あなただったのか
すっぽりと漬けこまれた緑の
身体の芯から
　オーイ、オーイ、オーイと
くり返しくり返し
呼びかけてきたのは
あなただったのか
　山の方へ向かって
はい　あなた　なーに？
呼びつづける彼に
答えていたのは
青春の日の　わたしだったのか

「蕗をむしっているようだ」夫の絶筆

絶筆の文を
まるのみにし
庭の夏蕗を採り煮ていた
香りがまねき
あなたがいた
　むしっていたの?
　むしったの?
はかなさといとおしさを
ごっちゃ混ぜにし
内からどこへと発信しようと試みていたのか
その例えを
誰かに聞いてほしかったのか
あるいは
村落に生きた詩を書く
その題名だったの?
無心に
蕗が伝えてくる詩に
酔いしれているか
蕗から発信される言葉を
集めながら
うつむいているのみ
ふり返ってね
わたしがいるから
体がもてあますほどの
言葉の切れ切れを
つないでいきたいので

語意を手さぐりするしぐさを
そっと横から見ているだけのわたし
夫の絶筆を
横どりし蕗を食す

金田久璋

道芝　岡崎純氏の思い出のために

一名チカラシバ

田んぼ道の轍の　小高い中芯(なかじん)に沿って
群生する　踏みつけても跳ね返す
したたかでしなやかな雑草　青人草われら

草履(じょり)にすると　履き心地がよく
歩くたびに足元から風が生まれる
襤褸を綯いこんで　粋な鼻緒とする

少年は道芝を結んで罠を作った
下肥を担いだむらびとが
たまたま足を引っかけ
糞まみれになったばかりか
踵をくじき　やがて跛になり　よっちんこく顛末
息まく顔を直視できず　ついつい
名乗り出ることもしなかった　むろん

物陰からよろけるのを
じっと眺めていたわけではない
ほかの遊びにかまけて
すぐ忘れてしまっていたのである

それゆえ　余計に
無聊を癒す出来心の
他愛ない悪戯が　突如よみがえり
ことさら日々の安逸を責めたてる

何よりも今は　道芝で綯った草履がはきたい
きつく鼻緒を挟み　しかと地を踏みしめて
足元に一陣の風を巻き起こしつつ

＊「よっちんこく」とは「閉口する」「困窮する」こと。

てふてふ

「てふ」とは文語で
「という」と言うこと
「てふてふ」は「蝶々」

ということ　ということ
と納得するように　はんなりと
花から花へと蜜を吸い
花粉にまみれ　ひかりとたわむれ　風の吹くまま
飛んでいる　虹の輪をくぐって
蝶蝶喃喃つがいで　もつれ合い
∞の字を描いて

なかには　どういうこと　どういうこと
と迷っている　一羽のうらぶれた
てふてふもいないわけではない

さしずめわたしめはといえば　濁り切った世の中
どうも　どちらかといえば
こちらの方で　悩んでばかり　堕天使の羽根は破
　れ放題
鱗粉まき散らし
未だにうだつがあがらない

はびら侍る　バベルの塔の天辺　軽々と
無限と常世のはざまで

＊「はびら」は蝶の与那国の方言。

古野　兼

田舎の喫茶〝キイちゃん〟で聞いた　ちょっといい話

秋ミョウガ
これがまた　旨いんだ

店は空っぽ
どこに行ったのかと目をやれば
山裾の駐車場
山に向かって大人たちが立っている
何事かと近付けば
藪など嫌いなはずのマーくんが
洗面器　小脇に駆け下りてくる
待ち受けたヒロくんは
満杯のミョウガ　袋に詰める

腕を組んで店主のキイちゃん　ただニコニコ

店にもどってコーヒーを飲みながら
せめて一掴みの御裾分けを期待したのだが
マーくんは奥さんのために
一大決心したわけで
ヒロくんは奥さんのために
ごみをつまみ出しているわけで
キイちゃんは奥さんのことしか
頭にないのだから

はじめは　能面やったで
青い顔してなあ
そんな客を迎えた　店主と居合わせた常連
何をどうしたわけではないが　思い思いの心遣い
それがどうしてどうだったのか
翌週もひょっこり現れた　彼の夫婦

メニューといって　コーヒーと
ラーメン　焼そば　焼うどん
蕎麦飯　お好み焼き　そして飯
黙って食べて　黙って飲んで
不細工連の馬鹿話　黙って聞いて帰って行く
そしてその翌週　また来訪
翌々週も　その次も

鬱に病む妻に善かれと亭主殿　自然を求め
巡り巡ってたどり着いた喫茶〝キイちゃん〟
　また　行きたい
久方ぶりの妻の意志
片道二時間　希望のドライブ
何回目かで　ふっと出た笑み
やがてククッと笑い声漏れ
一言　二言　声も出れば
和みの喫茶で　心が解ける

誰や彼やが花携えて　瓶に活ける店だから
誰や彼やが撮った写真　平気で飾れる店だから
誰や彼やが山菜なんぞ持ち込んで
天ぷら揚げろ　と店主をこき使える店だから
時には女客　女将面して勝手に手伝う店だから
自然といって山しかないが
つまりはここが癒しの場
笑顔のもどった奥さんの来訪
重なる毎に食進み
お喋りはもう　不細工連の上をいく

袋にたっぷりを前にして
　ヒロさんも　奥さんに持って行けば
　ええ　ええ　みんな持って行きんせえ
僕がはじめて聞いた奥さんの声
秋ミョウガが香ってきた

こまつかん

〈詩語り〉竜になった美女の話

浅原ちゅう地区は、旧中巨摩（なかこま）郡若草町にあって、
平成の大合併の時にこの若草を含む六ヶ町村が合
併して南アルプス市が誕生したけんどな……さ
て、こりゃあ、ずっと昔の話だ。

昔、巨摩郡浅原（あさばら）村にえらい美女がいただよ。
その美女ときたらきれい好きで、しょっちゅう手
や足を洗っていただと。
ほれに、なぜか水が大好きでがぶ飲みした。
だけんど、不思議なこんにお湯にゃあぜってえつ
からんで、夜中に近くの釜無川（かまなしがわ）に行っちゃあ、て
ぬげえをぬらし、体を洗ってただと。
そんなある日、村のおっさんが釜無川のしもの方
で数尺にもなる毛を数本拾っただと。
「こりゃあ、あの美女さんの毛じゃあねえかなあ」
と、おっさんはピーンときた。
「まさかよ。釣り糸ずら」と言う者もいた。
「それにしちゃあ、ちぢれが多すぎるら」
村の男しがよっちゃばって、やれ馬のしっぽだ、
なんだかんだと大騒ぎしてたら、そけえひとりの
人相見が通りかかっただよ。
「おお、なんとまあ、こりゃあ珍しい。メスの竜
のおまたの毛ではござらぬか」
いつの時代もほら吹きはいるもんだけんど、昔の
こんだから、村の衆はこれをすぐ信じ、おまたの
毛のうわさはパーッと拡がったさ。
人相見は男しに詳しく事情を聴き、その色白の美
女に会い、顔をジーッと見て言った。
「あんたはおまたの毛が長すぎるから、水風呂に
入れば水があふれるぞ。もし、大川に入れば竜

になる。どれどれ、わたしがあんたの体の悪いところを治してしんぜよう。ここに寝てジーッとしてろしよ」

人相見は美女の着物の裾に手を入れた。するて、人相見のその手はな、まるで密林にでも迷い込んだかのようで、あたりはただ静まり返っていただけだとさ。

ほれからどうなったかっちゅうと、人相見はいまだに美女のおまたから出てこんだよなあ。

家族はびっくりぎょうてん朝茶を飲んで、酒屋はとっくりひっくりかえし、美女はしゃっくりし続けてこの難を逃れようとした。

やがて、美女からオギャアと生れた赤子をお坊さんにし、神や仏を篤く信心しただと。

ある夜、美女は夢でお告げを受け、祈願した。

「わたしは水が好きなので、誰かが水難にあえばかわってその難を受けましょう。お産で苦しむ人には、わたしの長い毛を拝めばどうぞ楽になるようにしてください。この願いが聞き入れられなければ不思議なことが起こりましょう」

ほどなく天がみるみる曇り、天の川の底が抜けたかと思うほどの土砂降りになった。

美女はそれを待っていたかのごとく、さかまく釜無川の泥流に入り、そのまま稲妻と共にどこかに行ってしまったちゅうことだ。

ドッピンシャン、おしまい。


【引用・参考文献】

佐藤眞佐美『甲斐むかし話の世界』
やまなしふるさと文庫／一九八三年一〇月一五日

徳沢愛子

卒業式

いつんまにやら
あんさはいっちょまいになった

いちょうらのせびろきて
ちょっこし　ひげのはえたあごた
がくちょうのしゅくじ
きいとるよこがおに
ひがさしこみ
めにひかりがとまる
どっか　えいちのみなもとから
とどいたらしい　ひかり

もう　あんさは
わてからすだってしもた
もう　しゃかいのこ
にほんのこ
せかいのこ
うちゅうのこ

しきじょうのすみっこで
ははおやのわては
とうめいにんげんになっていく
うすあおいもや　まといながら

春萌（きざ）し

うんともちゅんともいわん　たいぼく
うえから　したまで　はだか
うんだがきゃ　つぶれたともいわん　あさ

ほやけど
たいぼくに　てぇあてて
めぇつぶって　みみひらいておっと
　ざわぁぁん
ざとうくじらが　ちかづいてきて
しおふく　いっしゅんがある
しぶきあたまから　ひっかぶって
あしもとから　つきあげられて

おっとっと

よろけるがいね
この春のおと

田んぼの中に城

道元　隆

クーラーはいらない快適さ
屋敷林の中にある生活空間
木々に取り囲まれている

隣の住宅まで数百メートル
広大な田園の中に点在する城
門があり石垣に囲まれている
近所迷惑という言葉はあてはまらない
独立した生活空間

上空から見下ろす
適度な間隔でそびえている
中には樹齢数百年の杉　欅　松

自宅の改修時に使用される
先人の知恵が凝縮されている敷地
今も頑なに守られている
住居の中心に仏壇が鎮座する
信仰の大切さを教えてきた
永遠に続く　今も合掌する姿がある

この田園風景　地下では特産品が生育する
古来より土壌が良いのだ　ある地域だけだ
チューリップも盛んだ　手間のかかること
土に触れて家族愛を　絆を自然に育んできた
自然からの恩恵は限りない
目に見えないものも多々ある
久しぶりに会う隣の住人　地域での会合
救急車が走っても　何が起きたかわからない
離れていてよいこと　悪いこと
程よく保たれている

咄嗟のことには対応しきれない
近くに人がいないから　助けを求める

この地域のこと　散居村と呼ぶ
屋敷林で覆われている
ネオンはない　街灯は辻に点在
事件はない　第三者を寄せ付けない
屋敷林から吹く風　見分けているようだ

明治時代から大正時代　銀座通りがあった
下駄屋　豆腐屋　日用雑貨を扱う店
寺院を中心に栄えた店があった
行事は顔を合わす絶好の機会だった
村ごとに火葬場があり　地域の一大事だった
各家から世話をする方が協力していた
終戦後　毎年追悼法要が勤修された
亡くなられた方
風を感じ　里芋を食され　家族団欒があった
生活様式は変わらない
便利になったこともあるが人情まで及ばない
「そくさいやったけ」「もったいないちゃ」
「きのどくな」「よめしゃがえりやよ」
聞くと安堵する
この地域で生まれ育ったから

紫　圭子

手筒花火、夜桜お七の

隣の兄ちゃんが
法被　地下足袋　ねじり鉢巻しめて
大声で叫ぶ
〈ＢＧＭは「夜桜お七」だ！

満開の夜桜匂う境内
水をかぶって兄ちゃんは気合いをいれた
火のついた巨大手筒花火を
両足踏ん張って
腰で抱きかかえると
シューシュー！
と火の粉が天に舞い上がった
夜桜お七の歌が流れて

手筒花火は噴き上がる
ざわめくさくらのはなびらぬけとばし
シュシュシュ！
煙と火の粉は身体をつつむ
真っ赤に焼かれた天にわたしの眼も燃えて
兄ちゃんの髪に降った火の粉は
地から天へ天から地へ
あっちっち！

猛火
烈火
烈士
〈鳥居強右衛門（とりいすねえもん）みたいな烈士になれ！
星々とまざりあって火の粉と声が降ってくる
空いちめん
地いちめん

手筒に巻いた縄が渦巻いて
くちなわになってとんでいく
〈しめ縄もくち縄だぞん　蛇だぞん　神さんの
〈お七が夜桜になって見とるじゃん！
〈お七がオレの手筒に入って花火になったぞん！

八百屋お七がわらっている
十七歳のきれいな火桜だ
花火、手筒、ドン！　は
今宵の兄ちゃんのいのちだ
夜桜お七にせつなく血がたぎって
兄ちゃんは熱いのもわすれて両足踏ん張って
お七をあやす
〈火傷しても　ぐっとコラエロ！
〈ドン！　と音がぬけて音がひっくり返るまで！

どっと降る火の粉
吹雪くはなびら
浴びて浴びて浴びて
あした
の
未来へぬける

＊「夜桜お七」＝林あまり（歌人）作詞の演歌の題名。
＊「手筒花火」＝愛知県豊橋市は手筒花火の発祥地。近隣の豊川市でも祭日には神社に奉納する。
＊「鳥居強右衛門（とりいすねえもん）」＝「長篠の戦い」（三河、新城市）のとき、長篠城を武田軍に包囲され、岡崎の家康に援軍を頼みに走る。帰路、捕らえられ「援軍は来る」と城に向かって叫び磔刑になる。

山本なおこ

ねーからはーからごんぼのはしまで

（いったい何をしでかしたんだろう？）

田んぼの畦道（あぜみち）で
隣（となり）の村の悪がき三人が
お百姓さんに叱られている

――ねーからはーからごんぼのはしまで*
全部いうんが
――ねーも　はーも　ごんぼもないわ
――なにをぬかすか！
――なーもいっとらんが
――ほんまに口数の多いごんたもんだ
――ふん、だ！

電線にとまっていた
カラスが三羽
悪がきどもを見下ろして騒いでいる
（いったい何をしでかしたんだろうとばかりに…）

悪がき三人にお百姓さんが
拳（こぶし）をあげて大声上げはじめた

カラスが驚いて
捨てぜりふを残して飛びたった

――ねーからはーからごんぼのはしまで
　全部いうんが…
――ばーか、ばーか　ばかばか

＊ねーからはーからごんぼのはしまで ＝ 洗いざらいのこと。富山県のことば。

V　関西

おボクと呼ばれて

大倉　元

私は子供の頃「おボク」と呼ばれていた。兄嫁には「おボクさん」と丁寧に呼ばれた。在所にはもう一人「おボク」と呼ばれた人がいた、昔の御殿医の息子である。同じおボクでも格が違っていた。

平家の落人が逃げ延びて隠れ住んだ所が私の古里で徳島県の祖谷という在所です。急傾斜地で麦、芋を主食にしていた。急傾斜地だから土は下へずり落ちる、それを母や兄が鍬で上へ掬い上げる。下を向いてばかり。私はそんな姿を見て悲しかった。古里はどこですかと聞かれて祖谷です、と答えるのに抵抗を感じていた。おボクと呼ばれた男のバカな見栄だった。

古里祖谷は過疎化が進んでいる。私の生まれた家では甥の嫁が一人で墓守をしている。先祖の年忌には姉や甥が集まる。おボクと呼んでくれる人はいないが。父やん母やんや兄やんが「おボクよ　ようもんてきたのう」と言っているように聞こえてくる。古里を離れて６０年になるが、古里はいつも、いつまでたっても暖かい。

共通語に置き換えられない言葉

原　圭治

現代の日本は、方言と共通語の使い分けの時代だと言われている。この詩集を生活語詩集と言っているのは、方言という範疇をもっと生活を主体に考えていこうとする積極的な表れである。生活のなかに、共通語に置き換えの困難な感情・感覚表現が今も使われている暮らしがあるからである。ご存じのように、共通語の普及は、明治政府の中央集権国家を目指す手段の一つとして徹底的な標準語教育・方言撲滅教育を行ったことにある。世界規模で言えば、帝国主義の下で行われた植民地化が現地語を衰退させたといわれている。したがって、私たちの進める生活語詩運動は、言い換えれば、反権力の姿勢がそこにあるということでもある。言語は民族のアイデンティティーの証左でもある。言語が滅びることはその民族が滅びることを意味する。私たちが目指す生活語詩運動は、あくまで民衆の意志として詩的表現に方言を含め、生活語を使っていこうという民主主義的文学運動でもある。

※参考・引用は、佐藤亮一「言語の危機・方言の危機」（「しんぶん赤旗」二〇一〇年四月一四日）

あいだてるこ

八軒家浜

弥生の空は青くすみわたり
八軒家の水面は波静か
のんびりと川辺に佇む子猫
はるかな平安朝の春
鳥羽上皇の御幸は熊野詣
待賢門院や西行法師も同行する
京から淀川を下りまずはここに上陸
ゆるやかな流れ　大川の春に酔う
きらびやかにゆれる付き人達の衣　船端にあふれ
ここちよい風が流れる
いつもは力みなぎる裸の人足達も遠くにひかえ
静寂の中に上陸はとどこおりなく
花のみが気遣いなくふりそそいでいた

時は移り江戸元禄時代となり
難波津の浜に
八軒の船宿があり「八軒家」とよばれる
船の往来ますます盛んになる
若き勤皇の志士　坂本龍馬
船宿「堺屋」から伏見へ上って行った
新しき国づくりに燃えていた若者たちの行きかう
　大川
浪速の宮　今を盛りと

はやり風邪コロナの吹き荒れる　令和の今
完璧な護岸工事に守られている八軒家浜
記念碑が春浅い風にふかれて
浪速人達の大川への郷愁
「くらわんか船」にあり

*八軒家浜＝上町台地の北端にあり、大川に面した川端。

釜が崎との出会い

秋野光子

我が故里ではなく　我が街でもない
居住地でもない　大阪市の　釜が崎
地下鉄　御堂筋線の　動物園前下車
南方面には　浪速区　新世界と呼ばれる町
昔　遊郭の「百番」があった　この辺り(あたり)
男の遊び場所だった
北方向には　西成区　釜が崎がある
昭和五十年代頃　日本の中で　この街は
きたない町　よごれた町
酔っぱらいの　かっぱらいの町
犯罪者の隠れる場所と言われ
空気も淀んでいて　違う臭いがしていた

その頃　小野十三郎氏が創設された
「大阪文学学校」の　公開講座が開講された
俳句　短歌　川柳　随筆　詩　の講座を
五週間　受講したが
文校でチューターをしていた　作井満さんに
　詩「ワイは十円玉」が教科書に載り
釜が崎の詩人として　話題になった人
東淵修氏を紹介された

詩の「し」も知らなかった　私が
誰彼なく集まり合って　好き勝手にしゃべり
居酒屋へ寄って帰る　詩書きの集いみたいな
公民館の一室へ通いはじめた　その後
東淵さんが　おかあちゃんに貰ろた釜が崎の
十室程のアパートに集合するのが定着した

動物園前の地下道は　浮浪者が新聞かぶって

ゴロゴロ寝ていたし　地上で公衆電話ボックスに
入ると　酔っぱらいが入りこみ
悲鳴をあげたこともあった
そんな　こんなで私ら女性達のために東淵さん
地下鉄の乗り降りを見届ける送迎をされた
自分もこの場所に住み
地べたを　這いずり廻って生きている
底辺の人達を　見聞きし　共感し　心を寄せ
詩　作品として来た人だった
独学で書きはじめ　自分で輪転機を廻して
詩誌「銀河詩手帖」を　立ちあげた
今　近藤摩耶さんがつなぎ　三百号となる
アパートを改造して　本格的な
詩朗読の部屋「銀河詩の家」も造り
杉山平一氏はじめ
磯村英樹　犬塚堯　吉原幸子　吉増剛造
日高てる　福中都生子　有馬敲　田中国男
水口洋治　白川淑　名古きよえ　安森ソノ子
杉村信人　作井満　堀雅子　さん達
釜が崎のカメラマンと言われた　井上青龍氏も
この部屋から　沢山の出会い　えにしが生まれ
バンドマンだった東淵氏のボンゴの音が響き
沢山の朗読の声が蘇り
熱演した詩劇「智恵子抄」が浮かぶ
昔なつかしい　私にとっての釜が崎である

今やこの街は　大阪市の計らいで
きれいに　美しくなった
ドヤ街は安宿として外国人に人気があり
ジャンジャン横丁には　若者が寄って来る
交通の便がよく　高級ホテルも建つとか
発展的な　街　と言われているらしい

あたるしましょうご中島省吾

翔ちゃんの創作で御座る十津川村、
ああ、十津川村、日本一面積の広い村

あっ、映画が始まる
三、二、一
～エスピーから自立できない
～代々血族の十津川村村長さんの娘、アラフォー
　のお嬢様ユーちゃんが
いつまでも、どこへでも
村長さんのお嬢様ユーちゃんは、
大人になっても
エスピーの翔から離れられなかった・・・
エスピー翔がとある日
病気になって　不治の病にかかった
エスピーはどうしようもない大人になれない
ユーちゃんの自立を目指すが
離れられない
大人になれなかった

ユーちゃんはエスピー翔の車いすを押して
不思議に離れない時代に

二人で十津川村郷土の世界遺産になっている
日本一長いつり橋に来た
見物
お嬢様に敬礼
つり橋、世界遺産の前の事務局の主任さん
村の職員がみな敬礼

ユーちゃんも敬礼
ユーちゃんは車いすのエスピーに言った
「これからは、ユーちゃんが押すからユーちゃん
　と一緒にいてね」
「お嬢様そんなことできないっすよ」
つり橋の下は渓流になって
あゆ釣りの釣り人が来てた

つり橋の上から

ユーちゃんに車いすを押されてつり橋を渡る二人
エスピーの心は今までにない想いで
アラフォーの自立できなかったユーちゃんを観た日
木洩れ日の日
愛が産れた日、その時に運命は始まるよ

村立公園で遊ぶ子
周囲
石焼き芋屋の車が通った
十津川村に夕日がさす
カラスがカアカア
ユーちゃんは村立病院で無料でもらっている点鼻
　薬しゅっーしゅっー
車いすでユーちゃんが押して
保護するエスピーも点鼻薬しゅっーしゅっー
わが街　アホウドリが鳴いていた
アラフォーになりユーちゃんはエスピーの保護者
　に入れ替わった日、愛が産まれた日
～今日は十津川村の村祝日

学校も休みで
村人が
十津川村の旗を振る

村の大合唱で
結婚式パレードを
村一番の大工さんサブちゃんの制作で
車いす専用花飾りのオープンカーで
村中に手を振る二人
ユーちゃんの肩にこうろぎがとまった
「やあ、こうろぎさん。あたしユーちゃんのお祝
　いしてくれるんだね」
風
ウィンドウ
旅立ちの日は何故か風が強くて
「ねえ、エスピー?·あとでユーちゃんの手の爪
　切って?」

～創作ジエンド～

高野川

有馬　敲

ゆるやかな勾配がつづく
ずっとむこう
右寄りに比叡山がそびえる
近くで御蔭橋たもとの三段堰が流れ
葉ざくらの並木のみどりが流れ落ちる

高野川はゆったりとつづき
数羽の水鳥たちが川べりをせせる
向こう岸を過ぎる路線バスは
大原行きの看板を見せて北へ走って行く

あのずっとむこうは
奥の奥の花折峠が見えてきて

いつか出かけた芦生の原生林が
うっそうと生い茂っていた

父の　その父の　その祖先が
生まれた山なみは
西のかなたの山の源流にそってつづき
口丹波と呼んだ

すでにぼくは九十歳になって
多くの時間をついやしてきた
高野川のほとりでくつろぎながら
五月のさわやかな空の青をながめて
わずかばかりの希望を探す

ふるさと

むかし出口王仁三郎は
その城あとでごつい夢をみた
ときの官憲にそむき
帝国の破滅を予見した
むかしむかし明智光秀は
そこで兵をあつめ
老の坂から峰をつたって
本能寺に攻めいった

むかしむかしそのむかし
足利尊氏はそこから
幕府に反旗をひるがえした
むかしむかしむかし大むかし
酒呑童子は鬼たちにかこまれて
その山に住んでいた

むかしむかし
太古といわれたむかし
そこでは赤い水が
いつも波打っていた
いまでも洪水があると
かつてのような湖ができる
反逆者たちの血よりもまっ赤な
おおきな渦がさか巻く

(詩集『贋金つくり』より)

石井春香

傘の中から

降りしきる雨を遮断すると
ひとりの世界ができる
水溜まりを気にして
下ばかり見て歩いている

はげしさのます水位に先は見えない
どれくらいの時間
しぶきにぬれていたのか

魂のざわめきにあらがいからだをゆする
夢中になって酸素を取りこむ
水の中で跳ねるわたし
えら呼吸をする

ペッシェ　ポエッソン　ピッシューム
すでに女なのか男なのかもわからない
青い魚体をくねらせて
冷えていく体温

歳月に疲れた面（おも）を　きっと上げ
順応できる喜びを知る
水泡（みなわ）の気配がして
薄いひかりにたぐりよせられていく

流れにのって
泳ぎつづける梅雨のさなか
イクトゥス
水の奥へ

朝の目ざめ

新聞配達のバイク音が
地球の細胞を引っ掻き
万博公園の観覧車をゆする
夜明けが近いことを告げると
まだ暗い空をふるわせて立ち去る

濃いむらさきから明るみへと溶けていく時刻
密度の濃いマンションの一室で
深煎りの珈琲がキッチンを満たし
ニットのセーターに
香りをこぼす

香りはドアの隙間から
廊下へと流れていき

さっき回した洗濯機の音が聞こえてくる

窓が朝焼けの色で目覚め始めると
大地のそこかしこで
芽吹いた春の歌が
五線譜をぬけだす

胸のあたりが小さくざわめく
今日をどのように生きよう

360度の視界がひらく
桜の下では自由だ
あの日　はぐれたうすい影も
すっかり馴染んだ痛みですら
春の枝では縛れない

空は桜色

井上良子

キンタロウちゃうからな

うそちゃうで
おおゆきやってん　ほんまやで

だいもんじの大のじも　しろかってん
どうぶつえんも　まっしろやってん
あけてくれててん　ちゃんと9じに
ゆきゆきゆきやで　おおゆきやで
しーんとして　だれもふんどらん
ゆきふんであるけてん

がっさカッサ
ガッサかっさ

あしあとつけて　あるいてん
だれもふんどらへん　ゆきな
りょうてでまるめて　ゆびいとうなって
てあこうなったけどな
おおきいゆきだま　もって
ゴリラのとこへ　いそいでいってん
そんだら　もぬけのからや
うらへまわってみにいってん

ゴリラのキンタロウはこどもやん
ともだちやねん

すぐ　すっとんできよって
くちびるつきだして
はなのあなおおきして
めんたまぐりぐりでのぞきこんで
ゆきだまに　くぎづけや

くびふって　よろこばはんねん
ゴリラかぞくみんなよびにいかはって
またな　すぐダンスしながらきよんねん
くるくるまわって　ええかっこしよんねん

けどな　キンタロウみてたら
だんだんさむなってきてしもて
てしびれるし　みみもしばるし
くちもがくがく　ゆげばっかでる
もうやばかってん
しろいゆきだま　おいてかえってん

キンタロウゆきだまとけたら
どないするやろなぁ
キンタロウゆきだまとけてもうて
なんもなくなってびっくりするで
おしっこみたいになったら

どんな　かおしよるかなぁ
ちゃうで　ちゃうでぼくちゃうで
ぼくとちゃうからな
ゆきだまとけてん
ちゃうからな

犬も猫も人影もない

大倉　元

立春もすぎた日
甥の七回忌で故郷祖谷へ帰った
子供の頃に走り回った家々の庭は
荒れ放題で犬も猫も人影もない
水が溢れていた水桶は空っぽ
かろうじて僕の生まれた家には
甥の嫁が墓守をしているのが救い

畑の大根は地上二㎝ばかり残して
美味い所だけ食べてる猿の贅沢食堂
「一人で食べきれんので
食べられても気にならん」とは甥の嫁
近くに嫁いでる姉が鹿の角を持ってきた
裏山に落ちていると
人間の上前をはねる猿も鹿も
怠け者になったもんだ
そのうち村を支配するかも
かずら橋の料金係りも猿

人口減少は祖谷だけではない
あの村も
あの町も

（詩集『噛む男』より）

おいおいどうしたんや
事故始末記（4）

昭和37（1962）年5月　23歳
営業は軽4輪で得意先回り
担当は大阪市内の一部と京都、神戸、姫路
営業も3年になり　得意先とも良好な関係

京都へ2日前に出張して注文をもらってきた
石田の親父さんを助手にして配達に行く
車はトヨタの2トントラック
国道1号線を走って行く
この日はホーローでできた漬物桶がメイン
京都は漬物桶がよく売れた
あいにくと雨が降っていた
午前中に終わり京都の外れの淀で昼食をとる

左奥に男山八幡宮
横は橋本で京阪電車が走っている
右は桂川と宇治川が合流して淀川となる
その淀川の堤防を走っている時
車が反対側の車線へ勝手に行く
おいおいどうしたんや　とは石田の親父さん
俺の意思に反して車が勝手に動く
淀川の岸辺へ落ちようとしている
水かさが増している
あわてて何度もハンドル操作
後わずかで転げ落ちるところだった
フーと大きく息をした

雨の日は気をつけていたのに
またスリップした

命拾いをした
運転もなれてくると横着になる
一番危ない時期

コロナ　わが町　神戸舞踏会

岡本真穂

赤い靴の主人公　カレン　白いチュチュをはき、
　背中に天使の羽をつけバレーの開幕を待っている
やがて静かな曲が流れ
カレンの両手が左右に広がり動きだす
港から北上、大丸デパートの東の通りに出る。な
　ぜか人の姿はない
カレンは不思議そうに左右に首を振り静かにみつ
　める
やがて美しい足首を見せながらゆるやかなシェネ
　をしながら　大丸デパートの北の入口に立つ
元町通りに出る西の道
フラワー通りにつながる東の道
カレンが出逢ったのは警備服を着た初老の男性一人
カレンは一九四八年以来初めて地上に帰って来た
　まぼろしの天使
どうして神戸に人がいないの
カレンは白鳥の湖の序曲（じょきょく）を聴きながら悲しそうに
　踊りだす
ボンジュ　お嬢様
あら　ライムライトのチャップリン様
どうして神戸に
「神戸舞踏会に招待されてね」　少しおどけた手
　ぶりで黒いひげをピクピクさせた
チャップリン様は　カレンの手をうやうやしく取
　ると　左の脇にステッキをはさみ
北の坂をゆるやかに踊りながら北上する
「あらー　あそこにあったカフェは」
いつもジャズが流れていた重いトビラの店にも人
　影がない
チャップリン様は言った

「昨日のニューヨークも　そうさ　通りには人は
いない　世界は今　死の町さ」
おどけてみせるチャップリン様の目から一粒の涙
カレンは言った　又いつかお逢いしましょう
カレンは悲しそうな顔をして赤い靴をくるくる
回しながら天上に消えていった

だまされたらあかん

岡本光明

オレ　やけど
（オレ　って誰や）
オレ　事故起こしてもうてん
（オレオレ詐欺や）
ちょっと相手の人に　かわるわ
（かわらんでええ）
とりあえず　百万円　用意してくれへん
（そんなん　用意できへんやろ）
このままやったら　えらいことになんねん
（詐欺やからな）
えらいことってわかるよなあ
（詐欺やから　わかるわ）
とりあえず　これからすぐ取りに行くらしいわ
（取りに来んでええ）
（詐欺や言うてるやろ）

何で　年寄り　だますねん
そら
だまされやすいから　やろなあ
だまされるもんが悪い　思てんか
だまされやすいもんを　だますんは
仕事やからか
そら　わかってるわ
いくら　オレが　言うても
詐欺なんか　なくなれへんのは
良心の問題ちゃうもんな
うそつきを信用したらあかんわな
そんなもん
誰かて　わかってんねん
オレかて　そんなん　わかってるわ

誰かて　わかってるわ
誰かて　わかってんねん
世の中から　詐欺がなくなれへんいうのは
それで得する人間が　いてんのは
そやねん
最初から　詐欺ってわかってたら
誰かて　詐欺になんかひっかからんわ
なあ　頼むから
もう少し詐欺ってわかるようにしてくれへんか
そら　オレに頼まれて
はい　そうですかって
言うこと聞くようなやつやったら
そもそも　詐欺なんかせえへんわな
そら　オレはアホや
アホやから　こんなこと言うてんねん
ほんま　アホやから言うてんねん

そや　頼むから
（頼んでもあかんやろけど）
詐欺にひっかからんといてや
（だまそうと思てるやつはわからんわな）
詐欺は　絶対　詐欺らしないはずやねん
（相手は詐欺には見えへんやろからなあ）
なあ　だまされんとこや
（相手は詐欺には見えへんよなあ）
なあ　そんなやつらに得させんとこや
（オレもだまされそうやけど）
そら　オレもだまされるかもしれん
（アホ　だまされたらあかん言うてるやろ）
そやけど　だまされたらあかんねん
とにかく　だまされたらあかんねん

奥村和子

楠公夫人　久子はん

わがふる里南河内
気候温暖　のんびりした河内人
英雄とは縁ない土地柄なのだが
中世には楠正成という忠義の権化が出現した
その夫人久子はんのこと　語りまひょ

正成はんや久子はんは
昭和十年ごろに急に神さんにならはって
ゆかりの山里に神社や寺ができてしもうた
皇太子（後昭和天皇）とか秩父宮殿下とか
東郷元帥とはヒットラーユーゲントとか
偉い人が兎や猪のすむとこへきやはった
今も御手植えの楠がありま

ところで河内女の久子はん
面長のきれいなおひとやった
正成はんとは五人の男の子を儲けはった
これだけでも勲章もんだっせ
晩年籠らはった庵の門前に像がありま
湊川の戦いに敗れた父正成の首を見て
長男正行十一歳はショックのあまり
菊水の短刀で自刃しようとしゃはりました
母久子はんが左手をさしのべ説諭してはります
潔う死ぬのは武士の本懐やけれど
父上の後継いで大義のために死になはれ
後醍醐天皇への忠義に死になはれ
至誠のため死になはれと
凛として諭しはった
昭和十年につくられた
母子像の正行は童顔でかわいいお子

久子はんはきりりと美しい母のお顔
久子はんの長男正行次男正時は四条畷で
北条軍と戦い討ち死にしゃはった

せやけど　久子はん
涙を流さぬ気丈な母さんでしたね
夫や子を亡くして悲しおますやろ
婦女の鑑（かがみ）と奉られた名誉が
うれしおますか
どだい河内の女はホンネで生きるもん
今も豊穣な地　明るいお天道様のもと
なまくらな亭主をどやしつけ
悪ガキの尻をおっかけている河内のおっかさん
久子はんを覆っている七百年の分厚い苔

わたし　久子はんになれそうにありまへん

＊参考書　内藤幸政著『大楠公夫人伝　楠花譜』

尾崎まこと

月の方へ

それは
軽い戯れから始まった

竜蔵という名の河内のやくざ男は
惚れた女に
竜蔵よりも好きだと男の名前を
呼ばせてみた

女は竜蔵の奇妙でしつこい哀願に
しかたなく一度だけ呟いてやったが
瞑った目じりから涙を一筋垂らせると
後は魔にはまり
愛しい男の身体を繰り返し呼びだし
地の果てを超えてあの世から反響する自身の声に
激しく昂じていった

見たこともない
女の法悦の有様に竜蔵まで
鬼神の操る文楽人形
己が誰だかお前が誰だかわからない
白目に黒目、顎と手足の関節を
カックカックさせている

二体の人形は壊れる寸前だった

静けさが戻ると
喧嘩という喧嘩に
負けたことのなかった河内の竜蔵は
黒子のような見えない相手に
初めて負けた気がしたのである

風呂で女に龍の彫り物のある背中を流させ
心配させるぐらい湯舟に沈む遊びをし
浮かび上がって湯を吐きながら――

帰るぞっ

なにゆうてんねん
ここ
あんたの家やんか

木戸の外は
醤油の溜まりのような濃い夜だったけれど
その闇に切って跳ばした爪よりも細い月が
釣り糸でも垂らすように
一筋の光を差し入れていた

背中に竜を背負った竜蔵は右手で光の糸をつまむと
そろーり　立ち泳ぎで帰ったそうな

粋がった竜蔵
家は女にくれてやったのだが
一番目の男を亭主として家に招くには
半年とかからなかったそうな

竜蔵　生きているとしたら　そろーり　そろーり
今でも立ち泳ぎだろうね
二番目の男は

方韋子

京雀

平安神宮の大鳥居のすぐ手前
仁王門通りの南西の角に
コンビニがありまっしゃろ
床几（しょうぎ）なんぞ置いて
それに赤い毛氈（もうせん）なんか敷いたりして
ようしょ要所には大きな番傘立てて
こころにくいやおまへんか
お店でパンでも買（こ）うて
ま、その床几に掛けて食べてみとうみやす
しばらくすると　どうどす
鳩が頭を前へつきだしつきだししながら
あなたはんの前にひょこひょこ現われはりますわ
パンのかけらをくれというとりますんや

するとかならず
どなたはんでもちょっとパンの端をつまんで投げ
　てやらはりますわ
いままで投げはらなかった方を見たことありまへ
　んさかい
いわんかてあなたはんも投げはります
これがお人はんの心理とかいうもんどす
すると鳩は頭をつきだしつきだし
あなたはんの前にいそいできてたべようとしより
　ます
するとどうどす
なんか小さいもんがさっさっさっと現われよって
鳩の胸の下からパンくずを奪い盗りおるんどす
あなたはんは
え、いまのなに？　といわはりながら
パンをちぎってまた鳩に投げてやらはります

やっぱり小さいもんが来て先にひらいよる
あなたはんは豆鉄砲を食らったような顔しやはって
鳩の近くにまた投げはる
また小さいもんがひらいよる
あれ、雀やんか！　と驚かはりながら
こんどはあっちとこっちにパンくずをやらはりま
　すわ
いや、これはあなたはんだけでのうて
どなたはんもたどらはる道どすさかい安心しとう
　くれやす
京の雀もえらい変わりようでっしゃろ
ほ、ほ、ほ、ほ、すばしこおっせ

加藤千香子

縫い止り

何でか知らんけど　針と糸持ってしまう
足まで使うミシンなじめん
何でか縫い止りに執着してしまうんや
それは　この世の見納めやでな
縫い止りだけで書く記号　誰が考案したんやろ
針に糸一回廻すだけではあかんのか
三回も糸かけるとゴロゴロするのにな
松阪新町一丁目から三丁目へ
トントンカラリ　女から女へ向こう三軒両隣
兵隊さんの腹巻きになるんやげな
子供でもわたし女　三回針に赤い祈願の糸
小さな赤い米粒　銃後の女の千の魂
魂とは鬼云うことば

赤紙一枚　青年男子みんな戦地　赤紙てどんなん
残るは老人　女　病人　子供ばかり
女はらしさをすぱっと脱ぎ　モンペ姿の鬼になる
万の赤鬼　血液したたる玉粒　玉魂(ギョッコン)　玉魂(ギョッコン)
竹槍くわえ　宙ころがりまわる
旗　風ふくままに　くるうていく　日の丸
戦時というのに遊んどるわ
手拭いにまき散らした女の執念
盾にでもなるんかいな
護符になるんやろか
三百万人死んだげな
零戦て何や　わたし見た
人間の入った　ビックリ箱
ガッタン　開(あ)かずの扉が閉まる
空と海から
盲目で海さまようていく魚雷　回天　飛龍
人間魚雷て何や

泣いても泣いてもとどかへん
親　兄弟　夫や息子　恋人たち
旗ふって送り出されていった
バンザイ　バンザイ　バンザァイ
何語や　不吉な三唱
三回のおまじないしか教えてもろてえへん
三歩下がって師の影踏むな

八十八歳　生命の縫い納めや
縫い止りが来てももうだまされへんわ
鬼なら赤い魂宿し　国のしるべに竿したる

玉魂メガネでのぞきこむ
不思議
赤紙とは片道切符
残らず　赤鬼　出揃って

ひきちぎり　オブラートでまるめ
こんなもの
大音響あげ一勢（セイ）に牙むき出した

加納由将

遠出

散歩に出かける
日は強さを増して心地よく温められて頬を撫でて
いった
ようやく冬眠から目覚めて
蝶が舞っていた
ある程度の速度で石川の横を進んでいくと
アスファルトでもないあらいセメントが
塗りたくられた砂利道を走り
くぼみを避けて
車椅子で走っていく
車で見慣れていたはずの景色が
一変して見えた
対向する自転車をよけた

「どこ行くんや？」

「さんぽや」

「そうか、電車も乗れんからな。

まあ、ゆっくりいきや」

自転車は去っていった

鼻先に菜の花が咲いていた
テレビで菜の花畑が
映っているのを見て
どんな香りがするのかと思っていた
鼻を近づけるとなんの香りもしなかった
気が付くと南大伴のバス停を通っていた

ミミズの声

痛いって、釣り針刺さってるし。うわっ、投げ込まれた。息苦しい。なんか寄ってくるって。嘘だろう。ほら、もう半分食われたよ、それでも生きてるし薄いひかりが消えた時水の上に引き上げられた。視界は塞がれたまま振動すごいやん、なにこれ。尖った金具で針ごと魚の口から引き抜いてまた投げ込まれる。体はないはずなのに動いている。

香山雅代

浜松原

松籟わたる　浜松原

鬱蒼と　生い茂る
老木の　あわいを
足早に　抜ける

いましがた
羽化した　なにものか
走馬燈のように　駆け抜けていったもの
甦る

宙空の　水鏡に
姿を　顕わす　幼年のわたし

爆音に　戦きながら
声を　響かせ　駆け抜ける松原

祖母手作りの　絣の雪袴（モンペ）
綿入れの防空頭巾に
身をかためた　わたしがいる

一瞬　一瞬
雲が　沸くように　ざわめく
青い感性を　押しつつみ

ざわ　ざわ
海辺の　松原を
駆け抜けている

（太平洋戦争末期の頃、S20年）

宙の舌端

待ちかねた　蕾が
淡く　ふっくらと
ほころび

どこから　やってきたのか
宙の　舌端に　跳梁する
暗い闇
コロナ・ヴィールスの独擅場とは　いわせまい
打ち上げられる
宇宙デブリ除去衛生の　姿
眼にはみえない
微生物の宿主にんげんの　吐息
球音響かぬ　野球場に
迫る　闇を
おしひらく　月光
待ちかねる　蕾が
淡く　ふっくらと
ほころび　はじめて

岸本嘉名男

大正川の近くに住んで

令和二年

正月が過ぎれば、初雪かなと
勝手な想像もしていたが
元旦に戴いた賀状の返信や整理
寄贈された詩集や書簡への礼状等に
時間をかけて日数を重ね
気がつけば　既に三月

悔いのない余生を送ろうと
年末から　日常の運動兼ねた
小遣い稼ぎの　ルートを見つけ

かく言う今日は　空白の牛後
今年書けた賀状付詩を遅まきながら
「余暇の善用」にと考察し出す

近くの大正川は今黄色い菜の花盛り
両岸の桜は何故かいやに白っぽい
新型コロナ・ウイルスのせいか
空もどんより　気も晴れない

わが余生

引きこもる
暑さ寒さに
気のみがさわぐ
姿勢が殆ど変わらずに
決まった時間に昼食を
それが終われば
午後一時から
ＢＳチャンネルで映画鑑賞
やっと見終わり
夕食までが　わがデスク
窓越しに　外空を眺めては
文字を書いたり消したり
こんな余生律で
良いのかどうか

災厄

北口汀子

日常の風景が一変してしまった
非常時の光景ともいえる様な日々が
今の日常となっている

駅へと向かう道に人影は見えず
追い越す車も無い
梢を渡る風や鳥の鳴き声ばかりが
やけに近く聴こえている

駅に朝のざわめきはない
通勤で込み合っていた車内には空席があり
マスクで顔を覆い押し黙ったまま俯く人々は
虜囚にさえ見えてくる

突然の異世界の現出に戸惑っているのは
私ばかりではない
マスクに隠された唇が震えている
「いい加減にどうにかならんのかいなぁ」
自分を崩すまいと肩が固まっている
「いつまでこんな事が続くんやろ?」
手は触れることを拒むように握られている
「誰かとご飯食べに行くのもでけへんなぁ」
膝を固く合わせ
侵入しようとする何者かに耐えるかのように

コロナ禍は人間社会を直撃している
私は原始の人々の恐怖を想う
夜の闇の中で聞く野生の声
枯れ果てた土地を彷徨う日々

叫びは突然世界を引き裂き
雷となって私を襲う
この沈黙の叫びは
私の目の前の景色を奪ってしまった

降り立った駅前には
休業や廃業の張り紙をされたシャッターが並ぶ
閑散としたロータリーには
風ばかりが巡っている

行き場のない私の声は
沈黙の叫びに呑まれていく
書割となった景色の向こうから
細波のように聞こえてくる

あれは降りしきる雪の夜に聞いた
機織りの音

冷たい硝子窓に手を当て
雪の向こうの灯りを探した

あの夜
求めた灯りを見つけたのか覚えてはいない
それでも
機織りの音は今も聞こえている

紀ノ国屋　千

ゲージ拭いとってや

「錆っさけ、ゲージ拭いとってや」
実習の終わり初老の教官は何度も繰り返す
昭和三十八年六月新品の大人だった
俺たち

電気通信学園を終了し相棒の竹庵君とぼくは
いっつも「錆っさけ、ゲージ拭いとってや」
教官の声は想い一杯
青春のキーワードになった

ゲージは20枚ほどの金属片、厚さ
零点1ミリから、ずらりと並ぶ
間隙測り板だった

黒いエボナイトの筺体(きょうたい)3号電話機
想いをこめて、0から9の十個の数字
円盤の穴を指で引掛け、引く離す回るダイアル板
暫し後、美に包まれた、声がやってくる

電話交換機という人と人の声を結ぶための
機械仕掛け、十数個の継電器
ワイパーという真鍮の爪
バンクというユー字型の舌
この二つのめぐり会いで声と声は結ばれた

精密にめぐり合わせる調整にゲージは
神様だった

ぼくらは
電気通信という格好いい言葉を

胸のバッチにして
通信の歴史を創っていった

気ままで、声高の若い我らの世界は蒼かった
春闘・団結・賃上げ・打倒・米帝国主義
あった・あった
思い出せない量の生き様のうねり

竹庵君とぼくは、／友を選ばば／書を読みて／
／六分の侠気／四分の熱／に酔いしれた
乾杯は夜毎続いた

時は流れ・日は進み
ぼくも彼も妻を娶り子を持った
彼もぼくも分からないけど
科学や数学に恋していた

なけ無しの金でスミルノフの数学教程
全十二巻を買い、眺めてなぞりあった

時は流れ・日は進み、古希を過ぎたころ
綾部由良川河川敷、
定年とともに始めた畑に、立つ日が減った彼

七年後に彼を襲ったＭＡＣ菌は体を食い漁った
その日、間質性肺炎は喉仏を引き抜き揉み上げ
彼とともに去った

「錆っさけ、ゲージ拭いとってや」

いっつも、二人で聴いていた
ヴァイオリンとチェロの弦は
震え、震えながら響きも遠く遠く
消えていった

ごしまたま

始まりの時

(1)

歩く緑浅い風の砂浜いつもの湖岸のサザ波
東京と違って二メートル離れるなど考えず
早朝は　まばら　ニャン影もワン影もまばら
人影はたたずみ　ワンもニャンも走り去り新
コロナウイルスが流行の季節　マスクの人々
がやがて駅にすい込まれ始める朝が来る
私と同年齢のお笑いタレントの志村けんさん
がコロナウイルスで死去　私の従兄の田村丸*①
はドリフのシナリオライターだったので知
り合いだった筈だが従兄も三年位前に死去
叔父　叔母　従兄　従姉と東京方面の人々が
どんどん逝ってしまった　友人も逝った
その友人達が元気な頃　マイクロバスで迎え
に来てくれて　西伊豆の海岸で元旦を迎えた
時　海水で雑煮を作ったが辛すぎて辛すぎて
では魚釣りとしたが一匹も釣れず　飲まず食
わずの釣り糸で凧あげとなった青春　あの仲
間たちの半分は　まだ生きている　これから
まだ　まだ　この世の砂に跡を残そう

*①田村丸（田村武之）
もと劇団フジ代表、二〇一七年死去七四歳

(2)

新型コロナウイルスという試練　素人の勘で
治すには　アビガン　アビガン　アビガン
アメリカのレムデシビルではダメみたい　知
人*①が死んだ　高熱を防ごう人間
まだ　アビガンは治験中　人体実験中で無料
クドーカンクロー（脚本家・作家）カタオカ

アッシ（野球）　イシダジュンイチ（俳優）
各氏は助かったようだアビガンで
シムラケンの頃はちょっと早い時期で運悪し
人工呼吸器（エクモ）に繋がれると半分の人
は　助からないという噂　オカエクミコ（女
優）も多分これだ　免疫がないからなんて
医療現場の第一線は　まさに野戦病院*②
フル稼働の極限状態　差し迫っている医療崩
壊　マスクやフェイスシールドの不足
休業補償が叫ばれる中、無収入の研修医（医
師国試合格済）がいるという日本　彼等にユ
ニオンを作る時間も気持もない　ただ人間の
命を助けることに尽くすある種の新型特攻隊

*①佛教学者ザゲッティ氏。イタリア人。アメリカで
新コロナで死去。50代。
*② 2020. 4. 27 付毎日新聞「みんなの広場」。

（3）

商店街　涼風棚引く黒マント颯爽とマジシャ
ン風　はよ前に回ってズームアップ　サング
ラスと黒マスク　やはりこの世の男だろうよ
マスクの花盛りマジック？　肩を組んで歩く
酔っ払い族のおじさんは昭和　円陣で桜の下
一気飲みで救急車　運ばれる学生は平成　い
よいよ令和オンライン飲み会　新コロナウイ
ルス威力有りすぎ　ほんまヒットするワクチ
ン　できるんかい各国の研究者　又一人又一
人あの世に追い込まれ始め　死者　米国九万
人越　日本七九七人*①　予算を付けよ政府
ワクチン開発までの暫定承認としてアビガン
を承認して下さい*②もう待てない命もある

*①京都新聞　米ジョンズ・ホフキンズ大の集計
2020. 5.20
*②国会中継　杉本和巳氏の質問（日本維新の会）
2020. 5.20

道頓堀の灯りが消える頃

榊　次郎

えらいこっちゃなぁ～
今年の春はどないなってんのや
わての前にだぁ～れもおらんがな
あの戦争中以来やないかいな

新型コロナウイルスとかゆうて
なにが新型か知りまへんけど
こいつのためにだ～れも
寄り付かんようになってしまいよったがな
いつもやったら　朝から晩まで
写真を撮るアベックが順番待ちで
わての前でポーズを決めて
ハイ　チーズ！
せやのにこの戎橋の端から端まで
人影が消えてしまうなんて

年がら年中　両手を上げてるもんやさかい
肩こってかなわんわ
せやからこの際
道頓堀の灯りが消えた頃に
ちょっと手下げて休憩させてもらいまっさぁ

あ～あ　よう寝させてもろた
ありゃ～　えらいこっちゃがな　いつの間にや
ビルの隙間から陽が射してきよったでぇ

ほな　ぼちぼち人目につかんうちに
いつものバンザイしょうかなぁ～
襷はズレてないやろな
よっしゃOKや
白い歯出してスマイル　スマイル

仰山の外人さんがやってくるのん待ってまっせ
わてはだれがなんちゅうても
大阪を代表するグリコーマン
早よ来てや　両手を上げて待ってまっせぇ～

食材のないレストラン

大阪ミナミに政府の肝いりでオープンした
フランチャイズ・レストラン
店に入ったとたん　驚いた
ウヘェー
何んじゃこりゃ
胡散臭いメニューの多いレストランやなぁ～

「戦後レジームからの脱却」
「日本を取り戻す」
「謙虚に丁寧に国民の負託に応える」
「完全にアンダー・コントロール」
「妻は私人です」
「大胆な金融緩和」
「1億総活躍社会」
「この道しかない」
「万全な体制で」
「徹底的に」
「納得いただけるまで」

「私が国家です、総理大臣ですよ」

くわばら　くわばら
宮沢賢二の
あのレストランより中身の無い
えげつない嘘らしいメニューやおまへんか

早よ　出よ
食中毒起こさん間に
骨スープ代わりにされんうちに
五体満足のうちに
早う　退散しょ

こんな店には二度来るかいな
見ててみ
そのうち倒産間違いなしや
ほんまやでぇ
間違いないでぇ～

佐々木　豊

鼻歌で歌うお母ちゃんの讃美歌がもう聞こえない

洗濯もんをかごに入れて
ボクの部屋を通り抜けると
お母ちゃんは窓を開けてベランダに出る。
ちち　みこ　みたまの
おおみかみに
とこしえ　かわらず
みさかえあれ
みさかえあれ
鼻歌で讃美歌を歌いながら洗濯もんを干す。
ボクは浪人してやっと大学生になれた。
合格発表の日にお母ちゃんは奈良の桜井の実家や
親戚に何軒も電話を掛けた。
「豊が大学合格したんや。」
無宗教だったお父ちゃんはクリスチャンだったお
　母ちゃんと結婚して受洗した。
箒や茶わんなどを商う荒物屋の屋号を「十字屋」
　とした。
大学三年の夏
ボクは柔道でソビエトに遠征する機会を得た。
グルジアの首都トビリシでの試合中にボクは左肘
　を複雑骨折した。
十七日間の遠征を終え新大阪まで帰ってきた。
駅まで迎えに来てくれていたお母ちゃんは
左手を三角巾で吊っているボクを見つけて泣いた。
「なんでこんなことになったんや。」
七時間に及ぶ肘の骨の接合手術。
翌年お母ちゃんは脳動脈瘤で脳外科手術を受ける
　ことになった。
歩いて病院に行ったお母ちゃんは、退院時には歩けなくなっていた。
夜中に何度も桜井の亡くなったおばあちゃんの名
　前を呼んでいた。
お母ちゃんはボクが小学校に勤める直前に昇天した。
「給料もろたら何でもお母ちゃんに買うたる。」
と言っていたボクの言葉は嘘になった。
鼻歌のお母ちゃんの讃美歌をもう一度聞きたい。

志田静枝

「星のしずく、きらり」

（モンドセレクション最高金賞受賞）

わが住む街は薄木（すすき）たなびく　田舎街ゆえに
天空では牽牛と織姫の　約束の所在地なれば
舞い降りた地は交野が原の　天の川河川敷
流れる水面の涼やかに　雅な風土に沿いており
命を繋ぐ水の源流に　長い足を浸している鷺の
純白と灰色の二羽の鷺　優美な姿を暫し見入って

肩を寄せ合い　ゆっくりと歩きながら
時には俯き　見つめ合い　人と同じ仕草で
水中に麗しく首を伸ばしているは絵画かと見紛う
藻草と戯れて　或いは餌を探しているような
川面を渡る風　そよぐ葦に触れ　天の川の岸辺に

佇む素朴な風景と　甘露を飲む姿に心奪われる

源流から生まれた水は　星のしずく・まろやかで
甘味を持つ名水を　存分に味わい飲んでほしい
古代から歌の名所　その流れる川で歌詠みなのか
この街の水は世界も認めた水だという

モンドセレクション・最高金賞受賞の誉れ
「星のしずく、きらり」２０１９と記されてある

古代から交野山より流れ出でて　天の川にて合流
交野の地に染み　地下水百パーセントの水を生む
宝水　その水に与(あずか)れる時代に生きている私は
なんと幸せな人間であろうか　五十三年の歳月を
この田舎街での暮らし　甘い水に深い感謝を…
晩秋の凩は古代から　令和の今日も芦原を駆ける

白井ひかる

チューリップとチューリップ

いくら考えても
わからない…

黒板を背にした先生と
教室中のみんなの視線は
指名されて立ち上がった私に注がれ
設問の答えを言うのを
じっと待っている

こめかみの薄皮が
微かに波打ち始め
背中の下の方から熱い血と汗が
頭めがけて一挙に
昇り上げてきた

これはそんなに難しくはないよね？
訝しげに先生は続けた
チュー**リップ**の英語のアクセントは
どこにありますか？
チューの方にありますね？
だから普段話しているアクセントと異なるのは
3番のチュー**リップ**が正解です

そうか
チューリップは奈良では
チュー**リップ**だったかもしれない…

その時だった
先生！
後藤さんは山梨県から転校してきたから

私たちのアクセントとは違うて
答えが分らんかったんやと思います

突然の助け舟だった
そうなんです　だから私は
チューリップの正しいアクセントの場所を
知らなかった訳ではないんです！
心の中でそう叫びながら
わたしは静かに着席した

かばってくれた彼女の
声も顔も名前も
いまでは思い出せない

＊太字表記されている部分は発声時にアクセントがある箇所です。

遠い日の声

白川　淑

令和二年五月七日「望」
東山三十六峰の東北
大文字山のすぐ隣り
月待山から　今　皓皓と顔を出す
たそがれの濃紺の空に浮かんでいる
「いやぁ　きれい……
　まんまるの鏡みたいや
　こんなお月さん見たん　はじめてぇ」
あたりは秋の空のように澄んでいる

工場も　会社も　会場も　商店も
動物である人間も　すべて静止
新型コロナのいけずのせいか

煙も埃も舞い上がらず　しぃんと広がる
遠い日の記憶　あの振り売りの声が聴こえる

「はァないりまへんかァ　お花どうどすェ」
「今日はおじいさんの命日やし
　一対おいといておくれやす　お榊もな」
なじみの白川女と母のお喋り
「はしごやくらかけー　いらんかいなー」
頭にかついだ大原女（おはらめ）の声は
中京の寺町にも響きわたった

「きんぎょーや　きんぎょ　めだかにきんぎょ」
夏休みの金魚売りを楽しみにしていた
「竹やーさおだけェ　竿竹に物干し台ー」
「かさーしゅうぜん　こうもり傘しゅうぜん」
祖母は蛇の目傘しか持たなかった

ゴムの空気袋のついたラッパが鳴る
「トフー　トフトフー」
音だけなのに豆腐と聞こえる
母は鍋を持って追いかける
「ほな　絹ごし一丁もうときまひょか
　ついでに　おあげさんもな」
「まいど　おおきにィ」

夜更け　夜遊びをしてきた祖父が
「ピィピー　ピピピ　ピピピピィー」
支那そばのチャルメラの音（おと）にとびだす
「よなーきうどん　よなーきうどんー」
夜泣きうどんの声も　子供は床の中で聞いた

療養中の少女のころを思い出した
昭和十九年　敗戦末期
燈火管制　黒いカーテン　暗い部屋

窓をあけて見上げると
満天の星が輝いていた

「うちは八十五　罹ったらお終い……」
アマビエの絵を入口に貼っている
「どうぞ　お守りやしとおくれやすぅ……」

園田恵美子

わが郷土

八尾の光南町の夏の朝
空地の隅の塀に
へばりつくように露草が
咲いているのを見つけた
信貴山の夏のもみじは
葉の先が細く涼しそう
あじさいの花の色は水色と黄色
梅雨の雨の色かしら

大阪の天王寺区の愛染さん
まっすぐ参って
横を向いたら
かつらの木に
かずらが巻きついていました
大阪の中之島から西区北堀江
歩きつかれて休んでいたら
落ち葉が風に吹かれていた

八戸ノ里のダンスパーティの
帰り道のことでした
きれいな色の落葉が風にゆられていました
小さいのをひろった

堺市大仙公園
霧雨に
着物がぬれそうになった
お昼のお茶会二席

雨の鶴見緑地の池のまわり
桜の花がぬれている

ツバキの花と葉が落ちている
きれいな葉をひろった

西宮の甲陽園
頂上に霧が出ている山道を
紫色の花を見ながら登って行くと
アンネのバラの教会を見つけた

枚方の藤坂の「癒し人形」を
見て帰り道
行く先のちがうバスに乗ってしまった
駅の近くまで歩いて
小さなピンクの花を摘んだ

知らない街に行く時に
知らない花が咲いていました
紫色と水色の小花です

冷夏の朝
紫色のあさがおが咲いた
季節がわからなくなった
キキョウあさがお
鉢植のプチトマトの黄色の実が二個か三個
私の口の中をトマトの味で
いっぱいにした

竹内正企

たましい談義

追走になると奈良の大仏さんや薬師三尊の
たましいを抜いてお身拭いをされる
綺麗に磨かれて又たましいを入れられる

生まれた村がダムで水没するので
先祖伝来の墓地のたましいを抜いて
墓石を新墓地に積上げて塔にした
先祖の骨はそのまま自然に還した
ひとつまみの墓土を編袋（つと）に入れて
新墓の骨壺に納めた
そして盛大な入魂供養が営まれた
新しい集落をつくり神社を造営した

宵闇に松火を前後して白衣の神官が
白幕の囲いの中で　ウォーウォーと奇声を
発しながら　見えない　見せないご神体を
大中神明宮という本殿に安置させた
氏神の祭典ができて　拝むところができた

「天佑を保有し萬世一系の皇祚を……
大日本帝国天皇は……」と前詞をのべた
「宣戦の詔（みことのり）」があった〈１９４１・12・８〉
「一億一心火の玉だ」「鬼畜米英撃ちてし止まん」
毎月の八日は　大詔奉戴日となって
千社参り、百社参りの必勝祈願が行われた
敗戦の玉音放送があった〈１９４５・８・15〉
「堪え難きを堪え　忍び難きを忍び」
明けて正月には〈１９４６・１・１〉
「朕は神にあらず」と人間宣言をされた

明治維新の「錦の御旗」から　日清、日露、
大正、昭和初期にかけては　肉弾の君が代で
あり日の丸の世紀だった　軍国日本が暴走し
だした富国強兵の大和魂だった
「海行かば水づく屍　山行かば草むす屍
　大君の辺にこそ死なめ　かへりみはせじ」

皇室中心主義の教育を受けた皇国少年少女、
奉安殿、宮城遙拝、ご真影、教育勅語、皇国
史観、国家神道、それら天皇制宗教の暴走だ
った　本土決戦　原爆投下の断末魔　国体護
持をGHQに認めさせて降伏宣言をした

「人間は　その時代に生かされるもの」
「歴史に学べ」ともいう
敗戦、それは明治憲法の鋳型から解放された

昭和象徴天皇が　平和新憲法の御世に不死鳥
の如く　皇位継承されたということは　まさ
しく天祐だったと考えられる

結果論として　昭和、平成、令和の御世にな
り　令和天皇が高御座に着かれ　日本代表の
総理が　天皇陛下万歳を三唱された　この万
歳の叫びに血肉の歴史があったのだ　天祐の
道が拓けんことを祈るのみである

春の準備

武西良和

土は固く鍬は
弱すぎて使えない
ツルハシに持ち替える

掘り起こした土の
塊と塊の間に隙間をつくり
そこに雪解けの空気を通してやるのだ
土は時間をかけてゆっくりと
緊張をほどき
目覚めていくだろう

掘り続けると生まれる
息切れ

ツルハシを置いて
手を見る
小刻みに指が震えている

ぼくは掘るのに夢中だったが
ツルハシの先は高畑の
大地のうごめきに
触れてしまったか

ツルハシの刃は強固な土の鎖を
裂きながら
深部に眠っていたものに
刺さってしまったか

掘っていくと刃は石ころに当たり
散る火花
さらに大きな石の防御

石に守られている深部
ツルハシの刃先から
持つ手を通って
指の
一本一本に
伝わってくる

日差しの中に広げられた手の指が
土の底で触れたものを
旋律にして爪弾こうとするが
楽器の弦に手が届かない

向かいの長峰山脈から渡ってくる風が
音符の破片を拾い集めようとしたが
土が石を味方に塞いでいく

指に耳を当て残っていた
かすかな旋律を聞き取ろうとしたとき
向かいの谷間から別の風が吹き
ぷいっとさらっていった

ぼくはあきらめて
また柄の木部を握った

手には畑仕事の泥が
こびり付いていた
だが
どの風もその乾きを
持って行ってはくれない

〈初期形〉二〇一七年一一月一〇日（金）高畑にて

武部治代

故里　──帰らんかな

過去の音をひきつれて長い貨物列車は
風景の左の端から右の端へと
鼓動を伝えながら
つながっていく

まわりの襖絵は四季の鹿であった
たたずむ鹿蹲(しゃが)む鹿
鹿の眼が深く遡って
生きて一斉にこちらを視ていた
それも
死んだ母の代で既成の水墨の山水に
変わっている
──よう来たのし──　母の声か、鹿の声か

静かに言った
風がわたる
ふるさとではいつも鹿のいる座敷で寝た
遠いところの
汽笛と列車の響きが伝わってくる
その底で目覚めていた

昨夜廻り廊下の
くろろを落とし
雨戸をすべて開け放って寝た
襖もあけた
数キロ離れた丘の向こうの鉄路を
KATAKOTONKATAKOTON　KATAKOTONKATAKOTON
かはたれどき
野面を渡る音は
水蒸気にくるまれ間接である
ふるさとの筋を曳いて出ていく

＊くろろ＝くるる（枢）の変化した語。
戸の桟から鴨居にさし込み栓をする木片、またはその仕かけ、おとし、くるるぎ。

凝視（みつ）めていた眼の鹿が
伴走して跳んで行く
ふりむこうとしない鹿
長い期間を走りつづけていたものが暁闇の
跨線橋をくぐり
次の時空へ動いていく

紀州の田圃地帯
有蓋車・無蓋車・家畜車・油送貨車が延延と
　つながって
脳裏の情景の
1/7あたりを緩慢に横切っていく
避けてきたふるさとの
過去を繋げて通過していく

玉川侑香

けしごむ

なんでも　消えます

祭りのにぎわいが去ったあとの
薄暗い夜店で
どんなもんでも消えるけしごむ
売ってます

長年生きてきた人生のなかには
消してしまいたい出来事が
思い出したない出来事が

そんなもんも　消えますすか

もちろんでんがな　お客さん
なんでも　消えまっせ
そやけど
気ぃつけて

ほんまに　消えるやろか

失言　失態
失恋　失望　けんか
悪口（ごめんな）

なかったことにしたいこと
ぎょうさん　あるわあるわ

おお　なんとよう消える

あれもこれも

これもあれも

あ　あかん
わたしの人生
真っ白になってしもたやんか
72年生きてきた私の人生
白紙やなんて

そんな　あほな

張　華

俺の女に手を出すな

あかん　あきまへんがな
まにあいまへん
赤い糸をたぐりよせ
こんなに気のあう女はいない
俺は抱きよせからみあう
いつまでも夜がつづけよと
いっちゃって俺の心はしょうじきだ
強くなることをおこたった
つけが今やってきた
熊のような毛むくじゃらの
どこを見ているかわからない
あんなへんちくりんに
プレゼント渡されている

あれれっプレゼントとるんかい
うそやんか
俺は赤い糸をたしかめて
まだつながっているのを確認し
俺の生まれた街によくにあう
女を抱きよせた
いかんといてや
海と空もからみあって愛している
ほいほいほい
こりゃどこの言葉かいな
俺はこの場面でこの女
守り切ることができるのか
俺はせっせと
本を読み強くなる方法を
さがしている
色目を使ってにやついた
うそばっかりついている

あんな男にあきまへん
やれやしまへん
俺の空想では
きっとメッタメタに
こまかくきざんで唾はいて
どうだおそれいったかい
という所まで進んでいる
何か方法おまへんか
どう考えてもそんなこと
死んでもがまんできしまへん
何か方法ありまへんなんていわんといてや
いややいやや
あの男にまけないように
やっぱり俺一人じゃむりだっせ
男にうらみをもった
仲間をあつめてこの指とまれ
集団でやっちゃえば

なんとかなるんちゃいまっか
そうだそうだやりまっせ
ひきょうやおまへんで
俺の女に手を出すな
いわなきゃ俺の男がすたる
そうだ　そうだ

寺西宏之

斑鳩の里

ふるさとを想うとき
ふるさとはなつかしくふるさとは恋しく
ふるさとはこころやすらぐ思い出の宝庫

大和盆地を囲む四方の山々
青く霞みてなだらかに連なる
四季折々に色変わる田園風景
水面に映る空の色
間近に望む法隆寺の塔
聖徳太子の斑鳩の宮跡
こよなく愛するいかるがの郷

このふるさとを想う時

何故か幼きあの日のことが
大阪大空襲の日
「あんたら早よ逃げ」追いたてるように
叫びながら祖母が燃盛る火の中に・・・
母子四人満身創痍で逃げ帰ってきた　母の郷
じいちゃん親身で癒してくれた

重なり合って見えてくる
思い出したくない記憶とじいちゃんのことが
それからぴったりじいちゃんに
じいちゃん畑を耕しながら
「東の空の赤いのと猿の尻の紅いのはなんもならん」
「西の空が明るなったらあしたは天気や」
「大根の種はこないして九月十日過ぎに蒔いたら
丁度ええねん」幼い孫に独り言のように見せて
聞かせて教えてくれた　何故か今でも覚えてる

この大好きなじいちゃんが突然ある日亡くなった
死ぬその日まで畑仕事
声を張り上げ泣いたこと

その日の次の次の日に
じいちゃん棺桶担がれてお墓の土に埋められた
涙が出たけど泣かなんだ
ふるさとはみんな見ていて知っている

郷は太子一色　来年は千四百年ご遠忌
聖徳信仰「和の精神」を　み教えに
塔を護り続けてきた里の人
法隆寺は世界遺産に
栄枯盛衰を見詰めてきた塔
穏やかな姿で　何かを語りかけてくる
こんな鄙びた郷に今を凌ぐ古代先進国家が
隋の煬帝に対等外交を認めさせ大陸文化を採入れ
仏教を広め学問を始め一七条憲法を制定した
太子の達観　勇気と知恵　偉業のかず数
今思い起こして見習うべき時
太子は偉大　ふるさとは偉大
ふるさとは勇気を与えてくれている

悲喜こもごもの想い出が
心にぬくもり覚えつつ胸に迫りてあふれ出す
太子の心「和」の心　引き継いできたこの郷
あたたかく　やさしき心のふるさと
生まれ育ち暮らしてるこのしあわせは
千金に勝るありがたさ
どこにも負けないふるさと誇らしく生きている
いつまでも遺して行きたいこの郷を
ふるさとはありがたきかな

一瞬五十年

中尾彰秀

たかあきさんですね
お元気ですか
えっ
あなたは誰
私たかがきですよ
絶対間違いない
昔　大変大変　お世話になった
あんた地球人じゃない
あまてらすのオーラあるじゃない
見知らぬその女性の必死の面持ちに
私はねぎらいの気持ちで
その想いの人は
とうに死んでいると直感して

肉体は消えても魂は永遠不滅と
和歌浦の木村屋で
カタカムナのお話して来た直後だけに
オーラが極大化していたのか
あるいは

人違いであっても
人は誰もが神様だったから
誰にでも縁はある
四一ピアノCDは「あまてらす」(二〇一六年)
物的現象としての結果で判断せず
宇宙エネルギー源の魂から見る
あまてらすの心得はずっと健在
昼の中華飯店入口のビックリドッキリ
たかあきなんて名前の男前であった記憶はないが

その三日後思い出した

その思い出は他ならぬ
外ではなく内であったのだ
かつてわが家の山の借家に長く住んでいた人
神社の宮殿の後ろ隣
子供心に何かポリシーのある
ガケの上ならぬ雲の上のキゼンとした人
ルドンの絵を見せてもらった
闇にある光が理解できた

今も我々は
神社の森の風のなびきに抱かれ
一瞬五十年
過去が今に甦る

わが街・大阪

西田彩子

そうなんョ
外出自粛になってから
私　病院の予約外来の検査以外は
どこへも行ってへんねん

そうなんョ
不要不急や無(の)うて
ほんまに大事な検査やったけど
指定時に　病院へ到着するのんて
そら　大変やったヮ
ウイルス感染を避けたからネ

そうなんョ
私　以前から持病持ちで
食料品や生活必需品の大方は
協同組合の個配サービスを利用してたから
今回のお買物の苦労は　随分助かって
毎週来てくれる配送のお兄さんに
おおきに！
ご苦労さん！　を連発して
笑われっ放しやった
ほんと有難かったわァ

そうなんョ
髪はどんどん伸びてくるし
濃厚接触が怖いから　美容院へも行かれへんし
家で　娘と
髪カットの仕合っこしてるの
始めは鋏を持つだけで震えた手ェが
今はもう　スイスイになって来たヮ

そうなんョ
毎朝　新聞に掲載のウイルス感染者数に
一喜一憂してる私のスマホに
最近　なんと　お褒めのメールが次々来るんよ
他府県に住んでる知人や親戚筋からやけど
大阪はエライ！　ってネ

そうなんョ
大阪は普段はカッコ悪ィ本音ばっかりで
偽悪的な言動の人が多い土地柄やから
どうなることかと心配してたけど
みんな黙って協力している
大したもんや！　見直した！　やて

そうなんョ
この新型コロナウイルスが
いつ終息するか分からへんけど
自身の細胞さえ持ってない微小な生物に
大切な人の生命を持って行かれて
どうすんのん！

そうなんョ
第2波第3波とやって来るらしいよって
緊急事態宣言が解除されても
私　外出時にはマスク持参
帰宅したら丹念に手洗いして
要請無しの自粛でいくつもりやねん
一日も早いワクチンの完成を待ちながらネ

西山光子

花まつり

よう来てくれなさったの
孫さんら皆たっしゃかい
腰がいうことさかんのやして
口も手もこのとおり
よう動くしなあ
はがゆうてならん

こんなええとこに
入れてもろうて
ありがたいことやして
皆ようしてくれての
もう帰りとうないわな
ごくらくや

満開やなあ
その窓あげて見やしゃんせ
はなびらここたいまで
散ってくるんよ
寝ての花見やして
ぜいたくやの

もう去ぬ（い）んかい
きょうは何日かいの
ほな灌仏（かんぶつ）さんやの
鐘巻（かねまき）さんによって
たんと徳もろうて帰りゃんせ

老女の瞳
ひとすじの涙が
つうっと耳もとに

指先でぬぐうと
ぬっくい
ぬっくい

＊去ぬ(い)＝帰る
＊灌仏(かんぶつ)さん＝四月八日の花まつりの仏様
＊鐘巻(かねまき)さん＝道成寺のこと

嵯峨野暮し

根来眞知子

「お住まいは」と問われて
「京都です　嵯峨野」と答えると
次にくる言葉はきまっていた
「まあ素敵・・・」
どこがやねんと腹の中では思いながら
「そうですか　ははは・・・」とあいまいな笑い

ずいぶん活気のない町だと思った
四十年前移り住んだ時
北摂とはいえ大阪の団地は
賑やかであけっぴろげで
何よりも物価が安かった
それが

山や川は近くにあったが
文化施設も娯楽も乏しく
畑や田んぼが広がる田舎だと思えた

ぼつぼつと周りを知っていった
初詣にいった松尾大社は
八世紀初頭に渡来人秦氏が建立
見飽きぬ静謐なたたずまいの弥勒菩薩は
秦川勝が七世紀に建立した広隆寺にあり
日本最古の木造彫刻で国宝第一号
その秦氏の墳墓といわれる蛇塚古墳
長い歴史を持つ土地なのだ

さらに時代が下がると
嵯峨野は天皇や貴族の野遊びの地だったとか
そういえば藤原定家が百人一首を選定した
小倉山もすぐそこ

知ってゆけば奥深い文化の豊かさが胸に響く

何代も何代も
その上で引き継がれてきた人々の暮し
分厚く積み重なった時間の上で
今のひと時を過ごしている私

「お住まいは」と問われて
「京都の嵯峨野です」と答えると
「まあいいところですね」と言われる
「そうですね　うふふ」と今私は素直に思う

原　圭治

川の流れのように
――ひばりさんに捧げる私のふるさと讃歌

兎追いしかの山は　いまも同じ容（カタチ）で聳えているし
小鮒釣りしかの川は　水流が少なくなったが
ふるさとは遠くに在りて思うものなので
日常の暮らしや　人の生き方に役立たずなのに
生きてきて　生き続けていると不思議にも
川の流れが　最初の一滴の源流から
それぞれの山脈を曲がりくねって
美しい峡谷の淀みを　ゆったりと流れ下る
映像のような　ふるさととの記憶が
一瞬　過去の時間へとフラッシュバックされ
紀伊半島を流れる幾つかの河川が

いまも　私の人生のなかを流れている
紀の川　有田川　日高川　日置川　熊野川と
奥深い吉野山と大峰山脈に　果て無し山脈の
紀州　木の国と言われた広大な山林地帯の
紀伊半島には　温暖多雨の源流があって
どの河川もたっぷりの水量を蓄えていたから
川の景色は　見事なもので
人の営みも　水と関わり豊かに過ごしてきた

投網モッテ　鮎　取リニイコラ
チョコット川ニイテコラヨ　ヨーサン　取レルゾ
孫の私は　爺やんに連れられ紀の川の清流へ
投げられた投網は　水面へ見事な円に広がって

コンナン　ナーンモ　怖イコトナイ
橋ノ欄干カラ飛ビ込ンデ　アガラ　肝ダメシヤ
悪がき共は　競いあって深い流れの有田川に

飛び込んだ水面へ　ラムネの泡が上がってきて

アカノ洗面器ニ穴アケタキレ被セテ　糠玉入レテ
淵ニ沈メトイタラ　ギョーサン　鮠トレルンヤ
澄み切った清流の流れの淵へ潜る日高川の
川底の丸っこい砂利が　ころころと流されて

タモニ長イ竿ツケテ　水中メガネツケテ
手長エビノ後カラ　ソーットタモ近付ケルンヤ
百五十八キロという県内最流長の熊野川は
深くて　透き通るように水底まで見えて

紀州　木の国　山なみの深いひだのなかに
きざみこまれている　それぞれの村里は
人が　住み続けてきたわが故郷なので
それぞれの川の流れも　山の言葉を海の言葉に
繋げていくように

似たような村の訛は気にかけずに過ごせて

エライモンジャー　シランマニ
ハル　スンデシモーテ　モー　ナツヤイショ
オマンラ　ツレモテイコラ
山イイコラヨ　川イイテコラ　海イイキナイナ
何気ない懐かしいアクセントを耳にしたとき
どうしたものか　ふるさとの原風景は　鮮烈に
昔　遊んだそれぞれの死者たちと蘇ってくる

譬え　川が流れるような人生だったとしても
時に　暴風や豪雨に見舞われ　平穏な流れも
濁流となり　氾濫することもあったが
過ぎ去った人生は　デングリカエルコトハナイ
身体のなかを流れる　ふるさとの川は
もうすぐ　海に辿り着くから

いのしし

原　詩夏至

そうか
やっぱり手離すんか本宅
そうやな
本宅ちゅうても今はもう
ただの駐車場やし
それかて
ここかて
知らんまに過疎化で
借りてくれるもんもないまま
がらがらやし
あかんよ
もうさっぱりあかんよ
まあええわ

本家の跡取りのおまえが
そっちへ移って
本籍も書き換えて
兄貴の骨も
お母さんの骨も分骨して
自分の骨かて
かみさんの骨かて
そっちで埋めていうんやったら
それはそれでまあ
一つの覚悟やな
やっぱり帰りたないんかこっちには
まあおまえには
東京はお母さんの実家やよってな
それはそれで
一つの里帰りや
わかった
こっちの墓は儂が守ったる

うちとこも下は娘ばっかりやよって
徳川さんの頃からの家かて
屋号かて
これでしまいにはなってまうけど
うーんそれ思たらやっぱり
残念は残念やけどな
まあしゃあない
それはそうと
こないだ送った野菜もう届いたか
そらまめ
グリーンピース
スナップえんどう
豆ばっかりやけど
なかなかええ出来やで
まあほんまの農家の人みたいには
さすがにいかんけどな
はは

そやけど
いつやったかなあ
びっくりしたでこないだ
畑でいのししが
こっちを見てるんや
じいっと
逃げもせんと
まったく
どないなるんやろうなあこの先
まあええわ
またゆっくり話そら
ああそや
コロナも気いつけてや
もう切るで

わが郷土

福田ケイ

私の故郷は大阪府中河内郡大戸村字石切、芝（現在、大阪府東大阪市中石切町）である。私はこの地で生まれ育ち25歳で夫の住んでいる大阪府茨木市の家に嫁いだ。私の実家は1600年の江戸時代から先祖代々この地に住み、一代目は葉散良禅定門という庄屋であった。父が書き写した粗末な家系図には太郎兵衛の名前が七代続いている。その後、波瀾万丈の長い歴史を経て、広かった土地は大戸小学校（現在、石切小学校）や阪本公園などになった。だが、昭和時代の悲惨で怖ろしく多くの尊い命が奪われた太平洋戦争では、家と古い仏壇と代々の墓は残り約400坪ほどになった土地に、今60歳で一度も結婚した事のない甥が、柴犬のリュウと、名も無くひっそりと住み力強く生きている。そして、私は80歳になった。

さあ、ほろ苦く愛おしい「石切町」の話をしよう。大阪はかつて、海だった。約5500年前の縄文時代、大阪と奈良の県境、自然あふれた生駒山麓にある石切も海に沈んでいた。私が子供の頃、風呂場をたて直す時、地中からシジミや貝殻が出てきた記憶がある。近鉄奈良線難波駅から電車で石切駅に下車すると樹木の梢から小鳥たちの声が聞こえる。夜は眼下に広がる大阪の夜景はパノラマのように美しい。遠くに輝く大阪城が見える。

駅から西に徒歩15分、近鉄けいはんな線新石切駅から東に7分の所に石切劔箭神社がある。昔から「石切さん」と呼ばれ関西弁で腫れ物を意味する「でんぼ」の神様として有名だ。創建は神武天皇紀元2年、古代の豪族物部氏一族をまつる社だ。

歴代管長は木積氏で上品で優しい人である。石切駅からは下る参道が続き両側には土産物屋、占い店、おでん屋、漢方店など100軒以上の店が並び昭和の香りが漂う。神社では雨の日も雪の日も夜明け前からお百度参りの人の姿が絶えない。がんや病に苦しむ人、心の安らぎをもとめる人が願いをこめて一途に祈る。私もよく祈りに来た。

夏と秋の祭りには多くの太鼓やだんじりが出て華やかで勇ましい。節分の豆まきも境内を埋めつくすほどの人が来る。近くに千手寺がある。平安時代に空海が修行した寺だ。今も甥が住む実家におじゅっさん（住職）が参りにきて下さる。また石切町には遺跡や古墳が数多くある。西南にある正興寺山遺跡では初めての人類生活痕跡を示す、ナイフ形石器が採集された。現在は公園となり石碑が建っているが、ピラミッド型の赤茶色した不思議な山を私達は畏れていた。それから、特に、5世紀~6世紀初頭に造られた芝山古墳はイギリス人ウィリアム・ゴーランドによって大量の副葬品が発掘され、現在大英博物館の所蔵である。

さらに西へ下ると石切小学校がある。明治時代から地元の人々が学んだ私の母校だ。正門横に建つ二宮尊徳の像に毎朝一礼した。私の母は明治生まれの元教師で私と兄姉を厳しく育てたが、私はおてんば娘だった。あの悲惨な戦争に耐えた石切町は、庭に白い蔵や樹齢何百年のくすの木や銀杏、柿や椿がある家々が多く、夜半、梟が哀しく鳴いた。田のあぜ道にはだいぼうさん（彼岸花）が群生した。私は友と土筆や蓮華草をつみ、蛍をとり、毬つきや缶けり等をして遊んだ。今も私は故郷に帰る。担任の92歳になられた西尾四郎先生と同級生達と集い、「ちゃん」づけで呼び合うと皆の、笑顔が輝いている。夕焼けが、見守っている。

美濃吉昭

トンビ

陽の高い残暑の夕　大阪
都心の外周
下町をめぐるＪＲ環状線には
若者から年寄りまで
さまざまな仕事の人達が
乗り降りする
労働を終え
こざっぱりと通勤着に着替え………

そこへ
白いデニム
特大のラッパズボン　広い裾
を、ひるがえし

お揃いで
「ひらり」
と、三人の若衆が乗ってきた
賑やかに
そして、四つ目の駅で
「ひらり」と降り消える
つばの突きでた白いハンチング帽
トンビのかしら

たとえば
建設現場の空中　鉄骨の上を
「ひらり、ひらり」
と、渡り　タワークレーンの男と
呼吸をあわせ梁をセットしてボルトを締める
「鉄骨鳶」だ！
ただし作業着のラッパは細いのだが（安全上）

環状線、大正　鶴橋　京橋の駅裏は
それぞれ、くせのある居酒屋がつらなる
沖縄　博多　土佐　北前　釜山の　お国料理
出自は、よそ者だが
　店も、客も
いまは、みんな
　　　大阪の顔をして………

「トンビ達」
は、
ラッパを翻し
いつもの　賑やかな姐ちゃん
の、
暖簾をくぐる

「いらっしゃ――――い！」口開けだ

三羽のトンビ
は、
「ひらり」
と、
カウンターの椅子
に、
腰を飛ばし
足掛けの丸太
に、
とまる

「たぶん………」

いまむかし

村野由樹

読みごたえがあった、レ・ミゼラブルを思い出し
味わいなおしてるとエレベーターが上がっていき
天六商店街を行きかう人々を見て大阪暮らしの
今昔館へついた

木の机と椅子のコーナーに七〇歳ぐらいの七人が
入って来て言う
「こういうのやったなー
　わしはな椅子にランドセルをかけてな・・・」
聴きながら始業ベルにも気づかず自分の机の領域
を守っていた私が
いとおしくなる

西九条に住んでた時
大きな広いはらっぱの事を
近所の人が話してた
「草むらで迷子になった子を捜すのは大変やった
　でー」
はらっぱで犬の散歩中に休憩して眺めた
オレンジ色の電車は桜島方面に行った

今は日立造船がなくなり
ユニバーサルが桜島の方に
駅近くに大きな居酒屋やジャズが聴ける店もできた
桜島線が夢咲線に変わり
相変わらずはらっぱで電車は走ってる

返し縫いのように
電車が走るように

昔と今を
私の想いは行ったり来たりしてる

幻影の居場所

森下和真

かつて通った小学校近くの
曲がり角や電柱の陰に
子どものころの幻影があらわれる

「予言。今日でこの町はなくなるでしょうー」

「なんでやねん！」

「今日あなたは死ぬでしょうー」

「だからなんでやねんっ！」

たわいない冗談を言いあい
ケラケラと笑いながら歩いた
おさない日々の思い出が
町内のあちこちに染み込んでいる

私の思い出がない場所には
ほかの誰かの思い出が染み込んでいて
たぶんその誰かも
そこで昔を思い出したりするのだろう
誰も彼もしらずしらずのうちに
思い出の場所につながれているのだ

ふと
それらが消えてしまったらと想像すると
どこからか染み出してきたものが胸へといたり
じんわりとしたさみしさが広がった

奪われ　追われ　破壊され
消えてしまった彼の地――

なんでやねん！

なんで奪われんとあかんねんっ
なんで追い出されなあかんねん！
なんで壊されなあかんねんっ
だからなんでやねん！

おさない幻影が
いつまでもケラケラと
笑っていられるようにと
そのじんわりとしたさみしさを
忘れないでいる

安森ソノ子

京ことばで『源氏物語』を

自宅から　東へ行けば鴨川
きしんどな事が多い世の中どすけど
のんどりと流れる水の流れは
ほっこりとした時間を与えてくれます

鴨川から西の方へ進むと金閣寺
その途中に　いつもお参りしているとこがあるの
　どす
紫式部墓所どす

最新の著書で『紫式部の肩に触れ』という英日語
　での詩集を出しました
京都で書きました詩や　アジア　欧米でぎょうさ
　ん書いてきました詩編の中から選んで　一冊に
　まとめてみますと　やっぱり京都土着の人間
紫式部のお墓の前で　先人の霊と自然に対面して
語り合ったりして――

京都で毎月　京ことばで語る『源氏物語』という
　講座で　勉強しています
源氏物語の「空蝉」の帖をとり上げますと
国文学者の中井和子氏の著書ではこうなってます
百年程前の京ことばで　源氏物語全五十四帖が全
　訳されていて　ものすごう貴重な書物どす
〝お臥(やす)みになれまへんままに、源氏の君は、「わ
たしはこないに、人に憎まれたり嫌がられたり
もせなんだのに、今晩はじめて、世の中の辛さ、
むつかしさもようわかって、恥ずかしうて生き
てる気もせんようになった」などと仰せやすさ
かい、小君は、涙さえこぼして寝てるのどした。〟
という書き出しで始まります

同じ場所ですが　例えば谷崎潤一郎の現代語訳によりますと〝お寝（やす）みになれませんので、「私はこのように人に憎まれたりしたことはないのに、今宵初めて世の中の辛さを知ったので、もう恥ずかしくて、生きている空もないような気がして来た」などと仰せられますと、涙をさえこぼして臥（ね）ています〟となります

この表現の　そんなにややこしいこともない違いひびき
京ことばのもつ含みが物語の奥へ奥へと誘います
朗読発表のステージで
この違いを　自分なりに表現しとうなってます

京都でこつこつと　京ことばで朗読する『源氏物語』の勉強をする
言葉のアクセントにも注意しながら　故中井和子教授の書かれた百年程前の京ことばで伝わるかな　と練習しておく

そして時には発表と致します
二〇二一年の十一月七日には　東京で発表と決まってしまいました
共通語と京ことば　言葉のアクセントも違います
そやけど平安時代からの京都での多くを受けついでますと　しっぽりと文化として京ことばを残したいと思うんどす

京ことば　日本の共通語　そして英語　ぐじゃぐじゃにならへんように研究して行きましょ
京ことばの中には御所ことば　御殿ことばもありますし　こぐちから注目しています
東山三十六峰を望みながら　うちはべべを着て外出し　しんきくさいと思うても歩いて
歴史の事実にひたるのどすえ
千年前の時代やいうても　ほんまに身近に感じます
そやから未来の千年は　とやっぱり世の平安を祈ります

あの日のこと

山下俊子

晴れ渡った青空に
咲いた一つの赤い花
悪魔の火球
一瞬に
キノコ雲になり一万mを駆け上って砕けた

防空頭巾をかぶった坊や
ふっくらした頬っぺは傷だらけで血が流れ
母が握ってくれたおにぎりを手に
熱風のなかに消えた
父や母　姉の姿を探している

恐怖にふるえる眼差しを横切り
ぼろきれのような皮膚をたらして歩く女の子
衣服を吹き飛ばされて裸になった女生徒の行列
いたるところ　足元に転がる黒焦げの人
うめき声を踏みつけて
あてどなく
けむる瓦礫の荒野をさまよう
この苦痛をよこたえる
さわやかな風の吹く
オアシスの木陰はないだろうか
首のない子を背負ってふらふら歩く母
焼け崩れた建物のまえで蹲(うずくま)る人
火炎に追われてうごめく人の流れ
地獄の岸辺で叫びあう声
今まで笑っていた人達が浮き沈みする川面

むごいもんじゃ
ひどいもんじゃ

あのピカは何じゃった
はるか七十五年の時を経て
亡くなった　語り部の最後の伝言
熱線に焼かれた背中のケロイド
忘れないで下さい
覚えていて下さい
振りむいた眼差し
あの日の　坊やの訴える瞳にかさなる

終戦への代価とはひどい
非核宣言に署名しない独裁者
密かに造り続けられる
悪魔の火球
命をはぐくむ美しい地球の
どこで使うのか
どこでその威力を試すというのか

坊やたちが愛をつむぎ
夢を叶える大地を清らかなまま
あの日のこと
忘れないでほしい
知っていてほしい

＊平和博物館を創る会の資料より

吉田定一

わが郷土「浜寺公園」に佇んで

白砂青松の面影を
　いまも残している　浜寺公園
日本最古の公園のひとつ
　その松林の園内に歌碑が建っている
「ふるさとの和泉の山をきはやかに
　　浮けし海より朝風ぞ吹く」*
朝夕　この潮風に身も心も洗われて
　俺はおとなになったんや

遊びの場所でもあった公園の
　美しい松林や砂浜は
時には残酷な痛ましい人生を
　ひとに垣間見せてきた
老松の垂れた枝に　紐をくくって
　首吊り自殺した男と女
夏には　海の家が建って
　海水浴場に変わる砂浜に

海で溺れ沈んだ水死体が
　たびたび打ち上げられた
腐敗した首無し死体が
　流れ着いたこともあった

戦後　米軍下士官用家族住宅として
　14年間　公園は接収占領され
金網の向こうのあちらこちらに
　真っ白い木造住宅が建っていた

誰もいない広い砂浜では
　楽しげに遊ぶ　米軍の子どもたち
遠くから　指を銜(くわ)えて
　眺めるだけの公園でもあった

半世紀振りに帰郷して　公園に佇む
　望郷と悔恨の渦巻くこの地に
俺は生まれてきたのかと
　苛(さいな)む思いに　潮風が吹く……

かつての海は　コンビナートと化して
　いまは　その面影さえもあらへんわ
瞼を閉じると　赤々と太陽が海を染めて
　水平線の彼方(むこう)へと沈んでいく
その暮れなずむ　夕焼け空の向こうから
　スプーンとフォークの触れ合う音が
幻聴のように夢見るように　聞こえてくる
　海の彼方(むこう)でも　夕餉の食事が始まったのだ
そんな幸せな夕焼け空に　あの世
　この世の世界が重なり合って
何時までも　何時までも
　陽が落ちるまで眺めていた

記憶の奥から引き出されてくる
　喜怒哀楽を秘めた　産土の風景よ
ああ　全てはここにあったのだ
　始まりも終わりも　そして幸福(しあわせ)も哀感(かなしみ)も——

*明治六年に浜寺公園が造られた。
公園の中央出口を入って右側のところに、与謝野晶子と鉄幹の出会いを記念した歌碑が建てられている。
公園は、二人のデートの場所でもあったらしい。

力津耀子

散歩道

並木道のポプラの樹は言うんです
――いまが一番ええ時やでー
もうすぐやもうすぐやと待つこの感じ
さくらのつぼみがポーッとふくらむ
カラスの子のぎこちない鳴き声
大陸からはるばる飛んでくる黄砂でさえ
なんかみんなええもんや

――いまが一番ええ時やでー
みどりのグラデーションの列
となりの樹もそのまたとなりの樹も
さわさわと触れあってシャワーをふりまく
人も鳥も虫たちもひとやすみに寄ってくる
なんかみんなええもんや

――いまが一番ええ時やでー
役所の人がきて散髪もしてくれた
晴れわたる空　ながれる雲
裸になった枝をアンテナにすると
いろいろニュースが入ってくる
仔犬を連れたおねえさんと
ジョギングのおにいさんが出会ったり・・・
夕暮れのメランコリーな空気も
なんかみんなええもんや

――いまが一番ええ時やでー
あたり一面落葉の絨緞
風に翻弄されながら見あげる
夜空の凍った星もストイックで
なんかみんなええもんや

――いまが一番ええ時やでー
久しぶりの散歩道
様変わりした町の中央で
等間隔に並んだポプラの切り株
そっと腰掛けてみる
なんかみんなええもんや

五月晴れの

脇　彬樹

眩しいほどの青空
閑散とした公園
登園自粛をすすめられた
三歳の孫と遊ぶ
手放せなくなったマスクを着け

ブランコ　すべり台　砂場
クローバー咲き乱れ
タンポポの花と綿毛
蝶々が舞う
裸足で走り回る三歳児のオキシトシンは
ウイルスへの不安を吹き飛ばす

パンデミックは
百年前のスペイン風邪に及ばないが
感染者五百万人死者三十万人を超えた
日本列島は五月の連休明け
緊急事態宣言が延長され解除された
半年に及ぶコロナの日々

この澄み渡った世界の
どこに人類を脅かす
恐ろしい敵が存在するのか
強欲な人間への警告か
目に見えないウイルスからのしっぺ返し

無心に笑い泣く幼児に
ひととき癒されながら
この大切な命の未来
一つの世界であってこそ守られると

老婆心ながら祈りを込める
世の仕組み見つめなおす時だと

Ⅵ　中国

音声を文字で表記する難しさ

洲浜昌三

方言（地域語、生活語）で詩を書くとき、様々な障害や限界があります。

長い間、方言は、「話し言葉」として日本人の意識には定着しています。方言を文字で表記しても、「話し言葉」ですから、その言葉を話す主語が背後に控えています。そのために客観的な表現や描写ができず、批判的な表現は、個人の主観的な愚痴や独り言のような性質を帯びてきます。

方言の音声は標準語のように単純ではありません。同じ母音でも異なる微妙な違い、間、抑揚などは表記できません。その方言に通じている人だけが、活字から方言の独特な音声を無意識に再現しながら読むことができます。

方言は、声で表現して初めて、作品の世界を表現することができます。以前、すべて石見弁で一篇の詩を書いたことがありますが、一人芝居の台本に近い詩になりました。当然です。

朗読には表現術や力量が必要です。正当な方言を再現できる人は少なくなりました。ぼくの祖父母や隣人が話していたような表現で朗読できる人は稀です。

「雨ニモマケズ」は標準語で書かれていて、普通に朗読すれば、「箇条書き教訓集」になってしまいます。賢治を知り時代を膚で知っていた女優の長岡輝子さんの朗読は見事な方言で、感動します。こうなると「詩」は台本です。朗読は演劇に近い独立したジャンルになります。

方言で詩を書く時、何を目指して書くか――紙上か舞台か――ぼくは演劇にも関係しているので、「完全な方言詩」にも魅力があります。多彩な詩の魅力を知ってほしいからです。

充実した日々を

一瀉千里

記憶の水が　サラサラと
過去を遡(さかのぼ)ると
そこには
一面の　レンゲ畑が見える

学校帰り　投げ出したランドセル
数人の　友達
レンゲの冠や　首飾りを創ったね

潮の香りの届かない
山側だったけれど　桜の河はあった
駅へ出れば　すでに海
やわらかい内海が
朝の香りを運んでくる

山の斜面には　たくさんの　お寺
横に横に　細道を辿れば
縦に縦に流れる　文学の小道へと
続いてゆくよ

林芙美子や　志賀直哉……
あまたの文学者たちが
愛した街　尾道
なつかしい響きの中で
鐘が　海へと　こだまする
語り尽くせない情緒が　まとわりつく
私を　つかさどるもの
原点　それは尾道

初めてバイトをしたのは　福山

大学生の頃　天満屋の地下だったよ
列車で　二十分余りの街　福山
駅の北口に
りっぱなお城が　そびえたつ
尾道でのくらしよりも
随分　長くなってしまった

潮の香りがする街から
薔薇の香りがする街へ

東へ東へ
さらに列車で一時間
薔薇の香りを纏（まと）ったまま　いつのまにか
私は『黄薔薇』の　同人になった
永瀬清子の　幻を追い
せっせ　せっせ　と通う岡山

はたと気づく　よそものだから
岡山人としての評価は受けられない現実
哀しみの翼を広げて　うずくまる枠の外
やめられない岡山へと通っていく日々の中
晴れの国　岡山
その　太陽の香りが　なおも私を呼んでいる

潮の香りと　薔薇の香りと　太陽の香りと
そんなもので　私は　できている
私の　記憶と日常と未来を
命切れるまで　創りあげてゆく
これからも

江口　節

その町

あそこは
暮らすところではないんだな
時々は帰る
通りを歩き
時には
住宅に埋め尽くされる前の田や畑
あぜ道や農道で追いかけたトンボ
寝ころんだれんげ畑
流れに手を浸し水草を摑む
通学の途中
垣根越しに　泰山木の花を見上げる
覚えたばかりの難しい名前だった
原付自転車で先生が追い越していく

仕舞屋（しもたや）の薄暗いたたきに
ガラスのショーケースが一台
出来立てのパンが並んで
土曜日の昼に買いに行く
商店街には畳屋竹屋洋品店
港に積み上げられた材木の山を
昇って降りて
首に風呂敷を結んで跳んだ　風景の
残りかすもなくなって
暮らすとすればまた始まる
新しい人の関わり
よそよそしい町のたたずまい
やげろうしいことよ
風は同じようだけど
その町は
近づくたびに　遠去かる

かしはらさとる

ろうもん婆さん

小学校低学年の頃
父はサラリーマンと　雑貨商を兼ね
隣家はお百姓さんで　私と同じ年頃の子が
七十歳くらいの老婆と留守番をしていた

老婆は　ボケ老人　又は
ろうもん婆さんと呼ばれていた[*1]
今で言う　認知症老人のことである
徘徊や　危険物を持たねば隔離しなかった

その頃　離れに　親戚の一家が移り住んだ
当時よくあった　疎開(そかい)である[*2]
終戦の前年で　空襲を逃れた帰郷である

母親と子ども　四人の家族であった
母親は隣家に　たくさんの子らが集まって
騒ぐのを気にしていた
子らは本に飽きると　つぎは歌である
軍歌や「島」の若者らの歌を
おんまく　がなった[*3]

歌のつぎは決まっていた
ろうもん婆さんの相手である
婆さんは　子どもらと話するのを嫌がった
子どもらが声を合わせて話しかけると

目くじらを立てて怒った
『ちくしょう！　こんねえつらあ[*4]
ちぇ々去(い)にゃあがれえ』と
「右の手のひら」を　ふり上げ追いまわした

子どもらは逃げまわって面白がった
　ある日　母親は遊びまわっている子らに
声をかけた『ようし！　明日　山に登ろう』と
田舎（生家）の小山はすぐそこにある

隣家の横道を歩いて　ほんの十四、五分
見晴らしのいい所に出る　「島」の佇（たたず）まい
　女の子たちは　花を摘んだりして遊び
男の子らは　クワガタやかぶと虫と遊んだ

母親は　無心に遊ぶ子らを見やっては
目頭を押さえ　足もとのタンポポを抜いては
　息つよく吹きつけ　飛ばしていた
戦地のご主人が　ぶじ帰還出来るようにと
　祈りを込めた　占いだったのだろう

四人は　帰還した父とともに帰って行った
　子らは　老婆にとても優しくなっていた

注
＊1　認知症老人のことを家族や一般の人は
　ろうもん婆さんと呼んでいた
＊2　戦時中学童を　危険な都会から地方に移した
＊3　集中して続けざまに　大声でどなった
＊4　こいつらは　とっとと帰りゃあがれえ

父の膝

左子真由美

もう忘れていた
父の膝のことなど
父の膝の中が
私の一番好きな場所だったことなど

膝の中で聞いたのは
戦争の話だった
飛行機乗りだった父が
撃墜されて海で一晩漂流したこと
――うまいぐあいに漁師の舟に助けられたんじゃ
南方の悲惨な戦いの日々だっただろうに
苦しい話は何も語らず面白い話ばかりした
父の書いた脚本で戦地で演劇をした話
遠い国の物語のように
私は戦争の苦しさも知らず
半分ワクワクしながら聞いていた

父の膝は暖かかった
――まゆ、まゆ、まあここに座れぇ
頭を撫でながら
思い出をなぞるように語った
父は
終戦の八月十五日に
特攻隊で出撃することになっていたという
別れの水盃をかわし
さあ、という時になって
戦いは終わった

何と幸運だったこと
――じゃあけど、ようけ死んだけんなあ

この世にいなくなったたくさんの人のこと
岡山県勝田郡滝尾村に
私生児としてうまれた父
亡くなってもう久しいのに
まだ
膝のぬくもりを覚えている
まだ声の響きを覚えている

――まゆ、まゆ、まあここに座れぇ

父はぼそっと言った
男の子がいなくて
男の子のように育てられた私に
父は生きていることの幸運を教えた
そして拾った幸運を生かして
思いきり生きた父だった

もう忘れていた
父の膝のことなど
父の膝にすっぽりと入った
幼い私のことなど
そこがこの世でいちばん
好きな場所であったこと
けれど時折思い出す
一足違いで
私はこの世にいなかったと
一足違いで

日記帳

重光はるみ

舅は日記を欠かさず付けていた
抽斗(ひきだし)の二つ付いた小さな坐り机を座敷の隅に置き
座布団にこぢんまりと正座して
几帳面な達筆で日常を綴った

私が嫁いだ時　すでに階段下のガラス戸棚には
古い日記帳が黒い背を向けて
ずらりと並べてあった
何が書いてあるか読んだことはない
最晩年になっても
年末には三年連用日記を求めていた
舅は嫁の私には小言を言わなかったが

姑には偉そうな物言いでよく叱りつけた
日記を付けているとき座敷を急ぎ足で横切ると
じろりと振り向いて低い声で
　畳が揺れるがな
と言った
あれは私に言いたかったのだ

夫は厳格な舅とよくぶつかった
うっかり同じことを訊こうものなら
　何遍訊きょんなら
吐き捨てるように言われる

一度も口答えするのを聞かなかったが
舅が死ぬと　夫と姑は
惜しげもなく日記帳を燃やした
　こんなもんが何になりゃあ
何十冊もさばさばと片付けた

出来事の記録に加えて
家族への気配りがあちこちに見えて
嫌味や苦言はどこにもなかった

亡くなる寸前の白紙の多い一冊だけが免れた
珍しく赤い表紙
MY LIBRARYと書かれたなめし革風の装丁
めくってみると
細字の万年筆で上の段にぎっしりと
二月の終わりまで書かれていた

元旦の所感に始まり　翌日の頁に
私の名前がちらっと見えた
驚いて目を走らせると
私が実家へ年始回りしてきたことが記されて
「……日暮れ頃帰家したが、
　あれでは忙しいことだったろう」
気づかってくれていたのだ
改めて初めから終いまで読み通した

洲浜昌三

石見銀山降露坂に立つ

若葉の香りを乗せ
さわやかな風が流れてくる五月

江戸の風情が漂う大森の町並みを通り抜け
銀山川に沿い曲がりくねった道をさかのぼり
仙の山と山吹城の狭い山間を通り抜け
深い林の中へ入っていく

街道は　あちこちで水に洗われ　渓流と重なり
雑木林の中に消え　土に埋もれて姿を変える

誰が信じるだろう——この坂道は
荷駄を積んだ牛馬が行き交い
草鞋がけの旅人や村人が登って行った
日本海の港街　温泉津への街道だった　と

それでも　斜面の熊笹の繁みの中に
江戸時代の確かな石組みが沈み
細い道が　昔の広い街道になって続くと
大地から荷車の車輪が軋む音が湧いてくる

代官所のある大森から温泉津まで十二キロ——
飛行機や車の速度と快適さでしか
旅の設計ができない僕らには
足で山を越える豊かさはもう戻ってこない

茶店があったという降露坂の峠に立つと
雑木の梢を揺らして潮風が渡っていく

北の彼方に目をやると

水平線が空に溶け　霞の中に日御碕が見える
東に目を移すと
どこまでも続く中国山脈の山また山の波

連山の上に高くそびえ立つ三つの峯
親三瓶　子三瓶　孫三瓶

眼下の足下(あしもと)に小高い山が控えている
大内　小笠原　尼子　毛利　羽柴　徳川
銀を求めて　戦国の武将たちが
奪いあった銀山の象徴　要害山

わずかに石垣だけが残った
山の頂きに　ぼくは一人
室町時代の山吹城を再建する

「オチャァ　ノンデ　イキンサランカナ」

振り向くと
急斜面の新緑の彼方に
石見の連山が
美しい姿で霞の中に立っている

田尻文子

集落(むら)に住む

五十戸ばかりの家が
曲がりくねった細い道をはさんで
雑然と立ち並んでいる
むかしは農業や養蚕が主なしごとで
牛なども飼っていたそうだ
果樹の栽培も盛んだったが
今は細々と数戸が営んでいるだけだ

この地に住んで四十八年
『講』という習わしにも慣れてきた
集落の山の神さまへの
感謝と祈りをこめた祭りだ
その日は

当人になった人たちで
〝まぜめし〟を作り
湯飲み茶わんに酒もふるまわれる
台所では
賑やかな女たちの笑い声さえ聞こえる

何が正しいことなのか
善いことも　悪いことも
のちの世につないでいくという重みは
みなそこに住む人　ひとりひとりの
胸の内にそっとしまわれていて
言葉ではなかった

納得すること
受け入れること
それが生きる知恵であった

この集落では
人々は　だれも
うまれかわり　生きかわりして
雑草のように
たくましく
しずかなのだ

＊「まぜめし」とは、鶏肉や野菜を小さく切って甘辛く煮て、ごはんに混ぜたもの。

永井ますみ

御来屋（みくりや）の港

港の詩を書かないかと誘われて
わが故里の近くの港を歩いたことがある
金田さんは地域の歴史掘り起こしに熱心な人で
町史編纂にも関わっているとか

よう帰って来んさった
知っとんなあか　ここは
鳥取県内では境港に次ぐ大きな港だったんだで
魚の水揚げも地域の交流もあってな
海の神様を祀る住吉神社には
畳一枚ほどの大きな板絵がああますだで
見に行きましょい
父が目上の人に使っていたような
柔らかな言葉で案内される
あいにく神主さんは留守なようですだが
入れてもらいましょい
金田さんは私たちを招いて拝殿から上がる

そこには
杉材に彩色された当代の誇り　町の姿
海沿いに伯耆街道（ほうきかいどう）が走り
街道の山側にはでえんと　この住吉神社
東屋敷　松崎屋敷　宮前屋敷　砂田屋敷て言う
その昔を思わせる小字名がああますだが

町の外れの荒神さま
手を合わせる幼い子連れの婆さま
藍色の茶屋の幡も海風に揺れて
休む旅人のひとりふたり
どっから来なっただや

面白っせい話はないだかや
まあ、ここの団子も食べて行きない

海の傍には牢屋まで描かれていて
生活のすべてがそこで収束していたことがわかる
伯耆（ほうき）街道を馬や駕籠が賑やかに通り
連子格子（れんじごうし）からさりげなく覗く目、目、目

裏庭に干された豆を掻き回す皺ばんだ手
豊かな田から取り入れたうまい米を集め
背後から流れこむ大山の伏流水が育てる
栄螺や雲丹や若布やモズクをさぐり
朝ごとの漁を日乾しして
沖に停まった大船に運び込む
伝馬船の横を伴走する飛び魚
板絵の紅い空にまばゆく金粉が舞い
海にぬっくりと守りのかたちに張りだした堤防は

御来屋の力こぶ

今の港も行ってみられますかや
中学の頃友人の家に寄せてもらって驚いた海が
家のすぐ裏に迫っていた御来屋の海が
大人しく向こうへ引いている
深い港にする為に埋め立てて
道路を通しましたけんなあ
ほらここまで昔は波が寄せとりました
板絵にあった力こぶを
テトラポットで更に増強して
舟たちはなだらかな港の波にまどろんでいる
金色の日本海をバックに
私は金田さんと写真に納まる

たっくん

吉田博子

ばあちゃんに学費を出してもろうたから
学校卒業できた
おじいちゃんおばあちゃんに
一万円ずつお礼という事じゃけど
とにかくありがとう
私達にくれたんじゃ
オール５で卒業した
本当に涙がでたんじゃ
たっくんはまだアルバイトを
しょうるけど
まじめにやっとるらしい
私らもお金を出した
かいがある言うもんじゃ

今のところすなおな子に
育ってくれて良かった
アルバイトでもなんでもええ
少しでも働いてお金をもらい
お金のありがたさを知るじゃろう
お金をもらって働くという事の
辛さも知るじゃろう
一日一日コツコツとやることじゃあ
がんばられぇよお
おじいちゃんおばあちゃんは
応援しとるよ

思い出す事

私のちちははは、お魚売りをしてたんじゃ
昔のままの薬屋で土壁じゃった
自転車で遠くまで行き
お魚をさばいたりして売るんじゃ
貧乏人の子だくさん
子供が七人おった
電球は裸電球
私はははの妹になる人の家に
養女に行きました
夏休みにはボロボロの家に遊びに行きにいったん
じゃ
子供がたくさんなので着せかえ人形遊びを
夜遅くまでして
ホタルが田んぼを飛びかい

カニが石垣におった
井戸もあってすいかを冷やすんじゃぁ
遠く遠く時間がたって
ちちも死にそれでもはははその家に住んで
もう糖尿病で働くのもしんどくなって
その薬屋をそのままにして介護施設にはいりました
その薬屋が傾いて道路の方に倒れかかって
皆が困るので倒すという事になったんじゃ
最後の日にひとり見に行ったんじゃ
夕方だったのだけれど台所のすきまからのぞくと
なつかしい裸電球がぶらさがってた
倒した後もひとり見に行くと
井戸のあったところに頑丈なフタがしてあっただ
けで
すべてとりはらわれとったんじゃ

Ⅶ　四国

牧野美佳

いつもとちがう日常がやってきた。突然に。

未知なる物への恐怖心だけが人々を縛り付ける。

専門家と言われる大勢の人たちが、安全なところで好き勝手なことを云う。なにが正しくて、どうすれば間違いかなんて、当事者にも判るはずが無い。歴史上の出来事と思っていた、その真ん中で、いまだに同じ事をやっている人間がいる。

飢饉の年に多くの人が飢えて死ぬのを防ごうと、動く役人がいる。死ぬ思いで働いてお助け米を手配したが、その命のお米を平気で横流しする輩もいる。時代劇のように、成敗ともいかず、結局笑うのはその火事場泥棒たち。その正当な子孫達が存在し、子らに残す借金を取り込んで、困っている人たちなど知らん顔で懐を肥やして平気の平左。こんな人間の皮を被った獣が、誰かの子孫で、誰かの親なのかも知れないと思うとぞっとする。

その傍ら、安全自粛の名の下に多くのお祭りが中止となった。どうやら火事場泥棒どもより神仏の方がおとなしいらしい。疫病封じのお祭りも多かっただけに残念で、それに携わる方達の暮らしのことも心配になる。

地元、郷土への愛と誇りがなければ絶えてしまうものがどれほど多いだろうか。銭金の問題じゃないと云いたいが、先立つものがなければ行事は存続していけない。ここにはこんなものが、あるいはことがあるのだと考える機会になればいいなと思っている。

私たちはひたすら父を待っていた

市原礼子

私の生家は愛媛県の中予地方
三方を山に囲まれた場所にある
東の山並みに
小さくとんがった石鎚山（いしづちさん）の頂が見え
そこから連なる南の尾根は
お皿を伏せたような皿ヶ嶺（さらがみね）まで続く

私が高校一年の夏休み
家族で皿ヶ嶺にキャンプに行った
その顛末
父は子どものころ
友だちと皿ヶ嶺に登る約束をしていた
その日熱が出て　行ったらいかんと言われた
寝ていても　山を見てつらかった
父の話を聞いた私は
ほしたらみんなで登ろや　と言った
両親と小学生から高校生までの子ども五人
総勢七人である
ところが前日の父の仕事が終わらなかった
父は鑑定書を書き上げなければいけなかった
父を除いて行ってもよかった
別の日にしてもよかった
でも父の仕事がおわりしだい
合流して出発することにした

私たちは支度をしてバスターミナルで待っていた
父はなかなか来なかった
私たちはひたすら父を待っていた
おそいなあ
いつ来るんじゃろ

どしたんかなあ
このバスを逃したらもう行けなくなるという時刻
昼過ぎになってようやく父が来た
皆でバスに乗って登山口まで行った
いざ登り始めると父がばてた
前夜から父は寝ていなかった
私たち子どもはサッサと登って行った
母は父の荷物も背負って
父といっしょに登ってきた
山頂に着くともう日が暮れかかっていた
急いでキャンプ場で火を起こし
飯盒（はんごう）でご飯を炊きカレーを作った
食べ終わる頃にはあたりは真っ暗
暗闇の中でおぼつかなくテントを張っていると
子だくさんの家族が困っている
見かねた周りの人たちが一斉に手伝ってくれた
夜も更けたころテントが建った

翌日のことはおぼえていない
何事もなく下山したのだろう

皿ヶ嶺は南の方角にあった
私の勉強机は南側の部屋や
廊下の隅をしょっちゅう移動していた
私は高校卒業までそこにいた
今頃になって
私の方向感覚のズレの原因に思い至った
私の頭の中では正面は南　右は西　左は東
地図はたいてい北が上　右は東　左は西
私の感覚と地図を一致させるためには
私の体を一八〇度転回させなければいけない
私は常に生家の部屋で
南を向いているところから始めている

大南智史

今様（いまよう）　浦島物語

Oさん　一〇〇才記念号
女性主催者からのあったかーい贈物よ
詩友の祝詞がつまっとーる
新聞には祝一〇〇才の記事
切りとって拡大したもん
二つあわせて枕元に
O古老　日日　ニンマリ
物語りはこれからなんじょ

紙上に見かける〝しらさぎ〟なる文字
阿波徳島文学の一つに名附けられた
美しい言　字　よのう
たしか　県のとり？

中央公園の巨林を飛び交っているらしい
野性のしらさぎ見たことがあるガナ
三〇年も前のこっちょ
鮎喰河口対岸　いやった

岸辺の葭叢に沿うて
スックと鶴みたいだったの――優美
絵になる
暫く念頭から消えなんだ
或る日
地理を確かめようと車を乗り入れて見たんよ

吉野の本流に合体する処で
広い洲になっていて　気持ち良い
しらさぎの餌場かな
他の生物たちも一緒に楽園にしとる
こんな自然が近くに――

十分癒されて帰り掛けた
車の前を横切るものがある――亀だ

亀は亀でも――これは⁉
骸骨みたい――甲羅は色褪せ処々欠けている
大きさはもう大人型
それでも元気そうなんで連れてもどった
数日もぶれ遊んでいる中に
古老　沛然と涙ぐんで来た

この亀の過ぎ越し歴史
大きな天敵についばまれながらも
長い月日をよくも生き延びて来たもんじゃのう
彼は無性に亀がいとしゅうなった
明日は本流にかえしてあげるけんのう
命を全うせいよ――

古老は今　やっと気付いた
助けた亀に連れられて
この歌があるでないで
竜宮城の場面よ
亀　亀さんじゃった
俺（わし）の寿命――この亀のお蔭か
きっと守っていて呉れたにちがいない
ほうじゃった　そうじゃった
亀さんよ　有難う　有難う
ここ迄　道をつげてくれた
しらさぎ君にもお礼を云おう

劇名つけるなら〝古老を巡る亀とシラサギ物語
　鮎喰河口洲の場面〟というとこかいな　呵呵

幻　彩

ふるさと

わたしのふるさとは川のほとり

城山から見渡せば
川は街をつつんでゆるりと流れ
小高い冨士山（とみすやま）がその姿を清流にうつしていた

わたしは十歳の時に
山深い親戚の家にあずけられ
一年後そこから帰ってきた
うれしゅうて学校から戻ると毎日川原であそんだ
「上流の臥龍（がりょう）の淵はあぶないけん、行ったらいけん」
先生に言われとったのに

兄ちゃんたちが網を持って出かけるけん
付いて行った
「あぶないけん、そこで見とけ」言われて
龍が棲んどるらしい岩場の上から覗いて見とると
川蟹やらエビやらドンコがいっぱい獲れた
「今晩のおかずじゃあ」
兄ちゃんが岩場からおらばった

夏祭りはうれしゅうて
氷屋へお鉢を持って氷をかいてもらいに行った
それに砂糖をかけていっぱい食べた
道に出した縁台で
子どもを産んだことのない近所のばあちゃんが
浴衣をはだけて白い丸いおっぱいを出して
涼んどった

蝶々の模様の浴衣を着せてもろうて川原に行くと
女相撲やら　ろくろっ首やら
見世物小屋がぎょうさん出とって
わたしら子どもは小屋の隙間からのぞき見した
ろくろっ首が女の人の胴体から
にょろにょろと上に伸びていくのを見とった
蝦蟇の油売りも紋付袴で刀を抜いておらばってた
街の狭い道路は人だかりでもっと狭うなって
その間を
「おなーり、ドンドン」と長い大名行列が通り
向かいのおっちゃんが
奴姿で槍をかついで歩いとった

戦争が終わって十年あまり
みんな貧しかったけど
いろんなものがいっぱいあった

今は人がいなくなって
祭りもできなくなったらしい

わたしもふるさとを離れて
ずいぶん長く遠くまで来てしもうたけれど
　忘れられんのよ　いつまでも

＊注（方言）
けん＝から
いけん＝いけない（ダメ）
おらばる・おらぶ＝叫ぶ、大声を出す

ろくろっ首＝ろくろく首、ろくろ首（方言ではない）

小松弘愛

はらがひつく

腹の調子がよくない
夜
寝る前に
「ビールを飲んでラーメンを食べたい」
などと言ったりしていたが
最近はこのような気持ちのよい空腹感がない
内視鏡検査も受けてみたけれど
特に異常は見当たらないということで――
たまたま
『続　土佐弁さんぽ*』という本を繰っていると
「はらがひつく」に出会った

「はらがひつく」
「腹がすく」ことである
子供の頃は使っていたのに
今は口にすることもなければ耳にすることもない
もう死語になっているかもしれない

『さんぽ』を読み進めてゆくと
「ひつく」の用例として

舌が干（ヒ）ツイた、水を一盃（いっぱい）
――（浮世草子・元禄太平記・一七〇二）

「舌がヒツイた」の「ヒツク」は水分がなくなる
　ことで
これが転用されて「腹がヒツク」は

腹の中に食べ物がなくなることになり……

『さんぽ』の「はらがひつく」

その結びの一文

「腹がヒック」という言い方は、管見に入る資料の範囲では、土佐以外にはどうも見当たらないようである。

となると

「はらがひつく」

これは土佐方言にとっては大事な言葉

死語にしてはもったいない

わたしは子供の頃にかえって

「はらがひつく」を使ってみたくなったけれど……

なに

ためらうことはない

使うのだ

「はらがひつく」

「はらがひついた」

「はらがひついて……」

こうして

「はらがひつく」を大事にしていると

わたしの腹の調子もよくなり

「ビールを飲んでラーメンを……」

ということになるかもしれない

＊竹村義一『続　土佐弁さんぽ』

（高知新聞社・一九九一年）

三つの故郷

近藤八重子

私には三つの故郷がある
生まれ育った町
愛媛県宇和島市
子育てをした町
愛媛県八幡浜市
晩年を過ごし始めた
高知県高岡郡佐川町

城下町宇和島は終着駅
鬼ヶ城山が聳え
若い頃よく友達と登った山
二人の息子たちが生まれる前日には
何故か鬼ヶ城山の頂から
サッカーボールほどの真っ赤な火の玉が
メラメラ燃えて
私のお腹めがけて入り込んだ奇妙な体験をした町
あの火の玉を受け入れた二人の息子たちは
現在　大阪の地で時代の先を走っている

港町　八幡浜は
海の香りとミカンの香りがした町
海辺で話す漁師さんたちの声は大きく
初めは喧嘩が始まったのかと勘違いしたほど

主人の退職を機に高知に移住して早や三年目
八幡浜市に住んでいた頃は
通院するたびに痛い目にあった歯医者
高知に来て
眼科医も歯科医も苦痛なく素早く治療が終わる
ＭＲＩの脳検査も電磁波音も静かで

受ける時間も短い
これほど医学の進み方に差を感じると
病への不安も軽くなり
安心感が広がり　老いへの道も明るくなった
今尚
三つの故郷で出会った人たちは皆明るく親切
ありがとうの感謝を込めて交流は続いている

竹原洋二

木と小鳥に話しかける

実がならん柿の木に
これ以上ならんのなら切ってしまうぞと
言うたら翌年はようけ実をつけたっちゅう
話を聞いたけん
わしも木に話しかけてみようと思うた

勢いが弱って花が全然咲かん梅の木に
がんばって来年はようけ咲きよって言うたら
ほんまに翌年は八重の花が
あふれんばかりに咲いたんじゃよ
最後の年にようけ咲くという
終りの美学なんかも知れんけんどな
今はようけ葉が茂っとる

何が原因か解らんけんど
山桜の葉が全部朽ち葉色に枯れてしもた
他の山桜の木に半分枯れとるんがあったが
今はようなって全部黄緑の葉におおわれとる
全部が枯れとる方の木に
お前もがんばって新緑でいっぱいになりよ
と言うと数日後に黄緑の葉が少し出てきた
枯れた葉の中で黄緑色の葉が増えとるんでよ
けんど今また枯れが優勢になってきよる
負けるなお前はでける
きっと青青と茂れるようになる

萩の葉はごっつう広がって良い枝ぶりやけん
また秋には綺麗に咲き揃うてよって頼んどる

毎日見えるジョウビタキが飛んできて

裸木の梅の枝にとまっとる
胸が淡褐色の小鳥は近寄っても逃げん
もしかしてこの小鳥と
心を通じ合えるかもしれんと思て
ちょっとわて近づいてゆく
羽に白い斑点のある小鳥はそれでも逃げん
少しの間こっちへ向いたような感じがする
彼女はわしが近づいとるんを
知っとるはずじゃ
そのとき心が通じたんじゃ
恐れるのをやめてわしの手にとまって
わしの手からピラカンサの実を
食べるようになればええなあ
そのときは小鳥と会話ができとるんじゃな

生垣の山茶花の中で
一本だけ枯れてしもた木がある
仲間から外れて
ひとりだけ生のない抜け殻
お前の場所は両隣の山茶花の葉がせりだして
あたかも死んでいても存在するかのよう
お前にはなんと話しかけたらええんか
生と死の滅びることを正しく明らかにして
お前は真実のすがたをみせとる
お前は超越した存在になっとるんじゃな

根津真介

裸電球

愛欲の自在鉤
熱く焦げたり、冷えたり
熾火はいつでも灰の下で眠っている
掻き混ぜて、フウフウ吹けば
いつでも燃え上がる

茅葺屋根に吸い込まれていく
姑の嫉妬の煙
息子の嫁に手を出そうとする舅
当たり前のように
熾火を混ぜてかえしてくる

薄暗い裸電球が一つ
一日の疲れの汗を流すのも
拭くのも闇の中
月明かりの下で甕の水面に映す
日毎に老いさらばえていく相貌
労働のためだけに嫁がされてきた末路
「否」のベールはどこにもない
夫も救いの手はさしのべない

逃げようと義弟が言った
兄嫁を連れて小雨の山道を走る
獣になった兄が鉈を振りかざして
追ってくる
姑の罵り声が闇を裂く
山姥になって通せんぼする

国道まで逃げて

トラックを止めようとするが
止まってくれる車などない
大蛇が棲むと伝説の滝壺まで
ずぶ濡れになりながら夜の沢を這い戻る

空に薄暗い裸電球が一つ

牧野美佳

天水の夏

海がせりあがり　波が立つ
雨が大地に注ぎ　川になる
あの岸をこの川を流れてきた水滴が
集まり　なにもかも呑み込んでいく
渦となる

リズミカルな鉦（カネ）に
三味線の音が寄り添う
篠笛の高調子が阿波の空を駆ければ
街がぞめき始める
踊り子の手に招かれて
宵闇がすとんと落ちてくる
高張り提灯に灯がともり

衣擦れ　ざわめき　下駄の音
阿波っ子の心拍数が跳ね上がる

えっとぶり　もんとったんかい

ほらだ　おどりじゃけんな

ほないいうたらおまはんとこは
じいさんもえらい天水じゃったな

ほうじゃ　ほうじゃ
いまごろどこぞの水際で
ヤットサーって踊んりょるでよ

ごじゃぁいわれん　のうなったんはあれ

おとしのおどりのあとだったわ

いったらいかんて病院でくくられて
大騒ぎしたんじゃ　今頃こころおきのう
若い頃は奴(ヤッコ)踊りの名手やったな

痛むところものうなって
心ゆくまで跳ねとるんとちがうで

立ち話する間さえ
白足袋の爪先は
ヨシコノの縁をじりじりなぞり
街も体も拍子を刻んで
エライヤッチャ
エライヤッチャ
ヨイ　ヨイ　ヨイ　ヨイ

くたくたの四日間を駆け抜けた天水達が
さあ　しまいじゃと
法被も浴衣もさまざまに
裾をからげて菅笠深く素足に下駄の女踊り
うちわさばきも鮮やかに腰を落とした男踊り
生き方も信条も明日も忘れて踊り抜く
この一瞬　踊りの渦に
なんもかんもわっせて
オドラナソンソン

踊りの無い夏なんぞ　あっついだけやと
宵の口から早寝を決め込む
そののきをかすめて
忍び音のヨシコノが
新町橋まで流れてゆく

＊ヨシコノ＝阿波踊りの謡

増田耕三

下津井（しもつい）へ帰るけん

――「紙の魚」覚書

私はあのとき
女の部屋の壁に泳いでいた
紙の魚のことを書かなければならない

――下津井（しもつい）へ帰るけん

女がそう言ったのは紙の魚の件よりも
随分と以前のことであった

むろん女はまた私のもとに帰るという意味で
その言葉を伝えたにすぎなかったはずだが
私は心のどこかに
泣きべそをかいている自分がいることに
気づいていた
なぜ、

――下津井へ一緒に帰りたいけん
と言ってはくれなかったのか

――ちがうよ。下津井へ一緒に帰ろうと
言うたに、あんたの耳には届かざっ
たがやけん

笑うように泣くように言う女の姿が
いまだに私には見える気がする
映画「ひまわり」を女の部屋で観たとき

壁には切り抜かれた紙の魚が泳いでいた
女が私から静かに去ったのは
それからほどなくのことだったかもしれない
——あんたがお魚を好きやけん
女はあのとき、そう言って笑っていた
そんな言葉が残されただけだったね
紙の魚よ

山本泰生

溶ける月

今切川　いまぎれ
このほとりで生まれ暮らしくたばる
知ったことかというふうに
川はうたた寝している

かつて
台風が来ると　男はみな
斧や命綱を背負って岸の林に集まり
家でおれることはなかった
大嵐ともなれば
丸太も土嚢もいっさい寄せつけず
暴れ狂い決壊を繰り返していた川
そんな名残りか　いまぎれ

その後
厚いコンクリートで固めた堤
まあたらしいサイクリングロード
だれもが氾濫の傷を忘れていく
ようやく安堵する頃
ひそかに見えない病巣が根を張りつづけ

……空に突き立つ煙突群　深い排水口
隙間なく並ぶ住宅　押し寄せる車……
いつのまにか
古狸に化かされるぞと脅しのねた
豊かな闇夜がいなくなる

ぴかぴかの円盤の月は飛ばない
泡や油の浮いた月
月が溶ける
月だって遊ばない川

切れる馬力もない　いまぎれ
白内障の景色　元青年が見張る

通勤

自転車で十分
長原渡船場へ着く
自転車ごと乗って二分
対岸に降りて会社へ走る
昔話だろうと珍しがられて
四十年余り経つ

船頭いや老船長
挨拶や談笑や情報の通
川風を切って
無料の往復を繰り返す
帰りは手を振ると迎え船

今日も
他に乗船者はなく
阿波十郎兵衛屋敷のある対岸
徳島市川内町に渡り市街へ

船長がぽつり……
ときに肩の力がすっぽ抜けるギャグ
それでこころは深呼吸して……
でも今はみんな老いぼれ巣ごもり
ちびちびすたれる渡し

一すじの道

吉中陽子

いつも通る　この道
生命あふれる　この道
私は五十六年も　この道にお世話になっている

高知県　最東部の野根別役村があって
十五戸の家がてんてんとあって
古い石垣に蔦がからまって
柿の木の熟柿を鳥がつっついて
草の穂も山菜も野にあるがままに
それぞれの形や色で熟れるうねりのうえを
やわらかい音その表情の奥ふかくを
時間が刻刻と流れている

この村の
やわらかい大気に囲まれた
春の出会い
小鳥のさえずりを吹かせ
まどろむ山

そこには
丸い大きな月が浮かんでいて
二匹のうさぎがいて
孫　ひ孫と見たうさぎもあって
山々はいつの日も
悠然とそびえている
一すじの村

ぽとぽとと灯が輝き
月はゆっくり遠くへのびていって

誰にもしばられず
大切な一日が山に沈む

大きな問題があるわけでない
小さな身で
さぐりあい
戦いのように　祈りのように
くりかえされていく人生

見失いそうになり
温めてくれる新しい風に
年甲斐もなく涙し
明るい日ざしの山々につつまれながら
みんなのしあわせを思う。

Ⅷ　九州・沖縄

〈コロナ禍〉と田園回帰

南　邦和

〈コロナ禍〉による〝非日常〟がすでに常態化している〝非常時〟の日々が続く。いままでにない「帰省自粛」の号令での今年のお盆は、Uターンラッシュもなく「オンライン帰省」なる新語が飛び出してくる異例のお盆風景となった（我が家でも老妻と二人で「迎え火・送り火」を焚いた）。

今回のアンソロジーのテーマは「わが街、わが村、わが郷土」である。本来「ふるさと回帰」という一つの定義でとらえられている主題であるが、政府奨励のテレワークという生活パターンそのものの変容に伴って、日本人の〝ふるさと観〟にも大きな修正が生まれようとしている。

従来の中央集権的な国家観の中で、中央↓地方の図式で納得させられてきた都会へのあこがれ（谷川雁は「東京へゆくな」と詠ったが……）は、すでに過去のものとなりつつある。都市と地方がウインウインの関係で並び立つ現在、いま改めて「田園回帰」の思想が陽の目を見ようとしている。

わが〝九州島〟に限らず、この夏は列島各地で大きな自然災害に見舞われている。熊本・福岡では「七月豪雨」で多くの犠牲者を出した。それに覆いかぶさる形での新型コロナウイルスの厄災である。中でも福岡・沖縄地方でのコロナの跳梁は突出している。

特に沖縄は、「辺野古」の埋立工事をめぐる安倍政権のなりふりかまわぬ暴政に加えての、観光地故の〈コロナ禍〉の苦しみをかかえている。あの〈沖縄戦〉の悲劇を風化させないためにも、沖縄の現状に絶えず目を注いでゆくことが、私たちの責務であると考えたい。

うえじょう晶

青い魚の伝説

風は南南西から吹いてくる
アワユキセンダン草を揺らし
基地のフェンスを抜け
透き通った風は
永遠の一瞬を走り抜ける

太陽が頂点に達する時
真下に広がる群青の海で
風を吸い込んだ青い魚は
群れを離れ外洋へと旅立つ
透き通った風の湧き来る方へ
ただそこだけを目指して

海流に逆らい力の限り胸を反らし泳ぐ
島影が淡く視界から遠のく
呪縛から解き放たれ
果てしない大海原を発見する
銀色の鱗は今や歓喜に輝いている

茜色に雲が染まる頃
ついに明日生まれる風に出会う
未来の記憶の欠片を繋ぎ合わせながら
青い魚はまだ心の中に
さわさわと　さわさわと沸き立つ
新しい風を感じている

農村公園・津花波(つはなは)散策道

なんと素敵な響きではないか
農村公園・津花波散策道
時は春　適度に風吹き
羽虫は陽炎の中　草のにおい
ギンネムの葉に
輝く生まれたての毛虫

アワユキセンダン草の上を
飛び交うキチョウにアオスジアゲハ
四阿(あずまや)のベンチに風吹きわたり
与那原(よなばる)海岸は白い波を描く
緩やかに雲流れ雲間より射す光は
幾重にも海の色を変える

あの鉄塔が光る辺りあれより先は
花巻のイーハトーブへと続き
今来た道はアベリストウィス*の
フットパースに繋がる
霧が斜面に流れれば森と水の精霊は
足元より生まれ出で微かに遠く
ケルトの歌も聞こえ来る

願わくは
幾度となく輪廻を繰り返し
またこの地へと帰って来よう
農村公園・津花波散策道
なんと素敵な響きではないか

*アベリストウィス＝イギリス南西部ウェールズの海岸沿いの街。海岸沿いのプロムナードにはカラフルな住宅が立ち並び、晴れた日には、アイリッシュ海に面した岬から、アイルランド本島と美しい夕日を眺めることができる。

門田照子

訣(わか)れの玉三郎

年末三十日の朝　玉三郎が亡(の)うなりました
あと二日で正月じゃに　どげしょうかぁち
なんかなし(とにかく)　息子に電話掛けち
頼むきい　ちょいと　てごし(手伝って)ちおくれち

昼前さい(に)来ちくれち
庭ん西北の角さい深こうに穴掘っちもろうち
ソロンと(そうっと)うち(私)が埋めちやりました
線香いっぱい焚いち
うちとこい(の所に)迷うち来ちおくれち
天さい昇っち幸せに　よこうんじゃよ(休みなさい)　ち

丁度おとさん(連れ合い)が亡うなった年ん秋に
ここさい(に)迷いこうじ来ち丸七年でした

年寄りに飼われちょったんじゃろうち(ていたのだろうと)思います
よう躾られちょっち(ていて)
朝　うちが仏壇にお水上げち鐘叩きますと
しゃっち(必ず)側に座っち線香の煙ば見ちょりました

丸々太っち大けな図体のくせして弱虫じ
喧嘩に負けてばっかし
春の夜は傷だらけになっち朝帰りしたり
うちん(我が家の)庭まで追われち逃げて来たり
ほんに加勢しょうごと弱かったとです

病気にもよう罹りました
毎年のごと患うち(病気になって)から　お医者に負うち(おんぶして)行ったり
入院させたり　タクシー代のかかりました
どげんこげん(どうにもこうにも)　うちん懐はせちぃめ(辛い目)に遭わされち
やおねぇ(きつい)ことでした

けんど(けれども)毎朝　夜が明けると
うちんベッドにあがっちきち

チョンチョンち　枕ば叩いち起こしにくるとです
ほんに(本当に)愛らしかったとです

もうでったいに(絶対に)猫やら犬やら飼うちゃならんち
息子から念押されち
正月にはお年玉じゃぁち
猫のロボットを　買うちきち(来て)くれたんじゃけんど
玉三郎にはちぃとも(少しも)似ちょらんとです

玉三郎はうちより先に去っ(い)ちくれち
孝行しちくれたち　思うごとしちょります

清岳こう

大阿蘇

奥山の八つ峯（やつを）の椿つばらかに
　　今日は暮らさねますらをの伴（とも）

畏れ、つつしみ、頭をたれる
震えざわめきやまぬ海山川に
ひざまずき、祈るしかなくて

はるかな古代から
わきあがる
あめつちの呼吸から
たぎりたつ

億年の火をかきたて
何度でも炎をかかげる
うるし闇にも一輪

＊『万葉集』巻十九第四一五二　大伴家持の歌

月下美人

秋祭の笛太鼓十五夜お月さんの下で
若者はとびっきりの娘さんにであい
きりりとした真っすぐなまなざしに
ぜひにもと仲人をたて

春もおわりののどかな道を
花嫁が紅白手綱の馬にゆられゆられてやって来て
うつむきはにかんだ色白を
若者ははて？　と思ったものの
月下美人と思えば月下美人のようでもあり
花嫁が持参した戸籍謄本にまちがいはなく
炊事洗濯縫物はからっきしといっても
無口でおとなしいのが取柄といえば取柄で
村の連中は　あれは姉者（あねじゃ）の七重さんじゃ
利発で働き者の評判とも大違い

同じ姉妹とはいえ似ても似つかぬ器量と笑い
山北のあの若者が望むなら私が嫁に
あんな山奥にかわいい妹の八重をやれるものかと
七重さんが迎え火の下をやってきたというのだ

花嫁は　それでも月下美人を押しとおし
若者も　それでは月下美人ということにして
八重　八重とやわらかな声で呼んでいた
だから　私の婆さまは月下美人の八重さんで
年をとってしまえば
あたりをはらう香気だったようにも見え
日がな一日いろり端に座りこんだまま
なかなか散りおちる気配もなかった

姉者にとってかわられた
正真正銘の月下美人・八重さんは
たちまち戦争未亡人となり

雇人(やといど)がひしめきざわめき
昼餉を盛大にたいらげていた土間は
造花の薔薇が飾られしゃれた玄関となり
数十頭のひづめが駆けぬけた馬場は
二車線の国道１３３号となり
セルリ　ポポウ　フリジャアが植えられ
村人に開放されていた実験農場「青年の畑」は
叔父も兵士たちも大陸から南方から帰らぬまま
雑草と青大将のすみかとなり

椿風の吹きこむ法事のあいま
月下美人の笑い話が語られるばかり

＊「セルリ、ポポウ、ダアリア、フリジャア」は戦死した叔父の日記の表記参照。「椿風」は造語。

坂田トヨ子

父の口癖

敗戦から半年も経って
台湾からやっとの思いで帰還した青年は
村内で偶然すれ違った女性に目を留めた
女性は恥ずかしそうに会釈して通り過ぎた

「あの一瞬がなかったら
　おまえたちも生まれとらん
　キミエが来てくれて良か人生やった」
命の危機もあった母の手術の後
事あるごとに語るようになった父

卒業と同時に満州の電力会社に就職し
徴兵されて外地に出ていた青年は
すぐ近所の三歳年下の女性を知らなかった
背の高いその人のことを父親に話すと
「そりゃ　キミしゃんじゃろ　もろてやろ」と
すぐに仲人を頼みに言ったという
二人で会うことも話す機会もなく
三ヶ月後には結婚式だった

二番目の子どもが生まれたばかりの頃
レッドパージで九電をクビになった父は
養鶏の仕事を始めたが失敗
三反百姓では家族を養えない
誘われて友人の始めた小さな電気店に勤めた

息子には恵まれず
4人の姉妹と祖母と七人が食卓を囲んだ
末っ子が4歳で水死しても
黙々と働き続け

母も働きに出て家計を助けた
裕福では無かったが三人の娘を育て上げた
ボーナスも退職金もほとんどなかったが
慎ましく暮らす両親には何とかなる年金生活

五分前のことを忘れるようになっても
七十年以上も前の出会いを
昨日のことのように語る
決して仲の良い夫婦ではなかった
子ども心になぜ結婚したのかと思っていた
若い頃は会話もほとんど無く
いつも顔をしかめて新聞を読んでいた
笑い声を立てることもなかった父

還暦になると社交ダンスを始め
母と二人で軽やかに踊って見せた
歳を重ねて父は丸く柔らかくなって
冗談さえ言うようになった
不平一つ言えなかった母は
歳を重ねるごとに強くなる
父は「俺を顎で使う」と言いながら
しぶしぶ腰を上げることも多くなった

両親の長生きで得た団欒の時間
「また始まった」と母と顔を見合わせる
「ひとめぼれだったのね」と言うと
母はまんざらでもなさそうに笑っている

コロナうつ

田島廣子

若いときゃ　シャカシャカ動いて
瞬間湯沸かし器といわれて　廊下を走っちょった
パッパッ　さばいて　仕事ができちょった

コロナで　どこもいかんと　家んなかやろ
仕事も休んじょるから　頭がまわらへん　うつ
食べたもんも忘れてしもうてかなしゅうなるわ
鍋のふた開けてみたり冷蔵庫覗いてみたり

桃太郎の桃食ったよ　夏バテ防止じゃ
ばあちゃん　桃太郎のとまとでしょ
ちょっと　まちがっただけなのにいやや

しゃんぷうをして　次になんで泡がでるん
ボデイソープしてたんや　情けないなー

自分で縫ったワンピースを着てうん万円する
バッグをもって運営会議にいそいそと出かけ
財布が無い！　天王寺での夕食はできなんだ

夕焼け小焼けの飲み放題の店
つぶれてしもうた　明かりが消えた

私は電動自転車に乗り雨の日はカッパ着て
訪問看護に行く　やりたい仕事だから行く
家族と家で過ごせる人はしあわせと思う
縛られない　自由がある　好きにさせたい
温かい食事がある　ぜいたくはできないけど

私は両親にしてやれなかったから今やりたい

８階のマンションから利用者が手を振っている
おかあんは仕事してる方が元気やなあと娘の声

一山　二山越えて　生駒山に虹が見える
しあわせ来たよとあんたが呼べばこだまする
やじろべー　ゆらゆら　ふたりは道頓堀川

人生いまから　よろしくね　あんた
つらいときも笑ってくれた　空のお月さん笑ってる
崩れそうでも助け合って生きる　ふたりは涙川

ふたりは涙川

夫婦ぜんざい　あんたと食べたい
男と女は　こぶでやさしく愛を編む
浴衣姿が揺れる　ふたりは法善寺横丁

下駄の音　カラコロ　カラコロ響かせ
からめた指が　合ったり離れたり酔いの風
かざった言葉はいらない　ふたりは水かけ不動

さよなら炭鉱電車

働　淳

五月連休が明けた七日の朝
国道を横切る有人踏切を通過して
炭鉱電車が一二八年の最後の仕事を終えた
踏切にはカメラとマスクの人ひとひと
タンクをひっぱる赤い電気機関車が
ゆっくりと目の前を過ぎていく
明治　大正　昭和　平成　令和と続いた
動く炭鉱電車がこの国から消えた

あれは私が小学生だから半世紀前
客車を引く炭鉱電車に乗って
三川坑（みかわこう）の駅から遊園地のグリーンランドまで
友だちみんなで遊びに行った
築堤を走る窓からは街が見渡せ
聳えて並ぶ煙突から勢いよく煙が上り
まだ炭鉱住宅の瓦屋根も並んでいた
　着いたらスケートばするやろ
　そうボートでんあったい
　ゴーカートも乗るけん
　リフト、リフトは
なんて話は盛り上がっていたけど
遊園地で何をしたかは覚えていない
ただ炭鉱電車での光景が今でも蘇ってくる

あれは二三年前の炭鉱閉山の日だ
「お絵かき」の子ども達を連れて
三川坑へスケッチに行った
画板や画用紙を抱えて子ども達は
レールの上を工場に向かって歩いていく
「電車が来るので線路の上は歩かないで下さい」

放送の声に貨車を引いた赤い炭鉱電車が現れた
「これはあの争議の時のホッパーですもんね」

「次の電車のくる時間はですね。えーと」

「ここで炭塵爆発もあったっですね」

三脚を立ててカメラマンたちが集まっている

「あら、ハタラッくん。なんばしよっとね」
電車を降りて歩いてくる運転士が声をかけてきた
彼は中学の同級生だった
明日で炭鉱での仕事を終え
その後は系列会社でまた運転をするという
空にはヘリコプターが飛び
子ども達はそれぞれの場所でスケッチをしている
時と記憶が現在から過去
そして、未来へと目まぐるしく行き交う

炭鉱が無くなっても走り続けていた炭鉱電車が
その最後の仕事を終えた
億年の記憶を伝える石炭は
海の下に広がる坑道のその先に
これからもひっそりと眠り続ける
核とウイルスと温暖化の時代に
炭坑節ももう歌われなくなるのだろう
さよなら炭鉱電車
今宵の空はフラワームーン
煙突の上に満月が輝く

この街

南　邦和

一枚の油彩画を見つめるように
街を見おろしている
群青の空に流れ込む夕焼けに
棒杙（ぼうぐい）のように染まってゆく
背高のっぽのワシントニアパーム
見なれた街の風景が
カッターナイフで切り取られ
フレームの中に収まるこのひととき

この街に住んで　すでに半世紀
（出奔の何年間かはあったが……）
ぼくの思春期をその掌に包み込み
壮年期のぼくの精神を彷徨させ
いま　ぼくの老年をいたぶる
この街を　ふるさとと呼んだりする
浮浪者が紳士になるように
この街は　ぼくを磨いてもくれた

あの河畔で目覚め
この露地で酒の味を覚え
その画廊で友人たちと語らった
ぼくの親しい街から
肉親が消え　知人たちが消え
腰の曲がったあの老婆が
憧れていた女教師だったなんて
街は　見事な手捌きのマジシャン

日がな一日　通りを歩いても
知った顔にはめったに会わない
街は　いつしか

国籍不明の若者たちによって占領されて
老いたレジスタンスのように
ぼくは人目を避けて裏通りを行く
二度と逢うことのない人と約束した
〈時間〉と〈場所〉を捜しながら

作者紹介

お名前（よみかた）①現住所 ②生年 ③作品に使用された生活語 ④主な著書 ⑤主な所属団体や所属誌など

藍沢　篠（あいざわ　しの）①岩手県滝沢市 ②一九八八 ③一部に岩手県の方言、他は標準語 ⑤「岩手県詩人クラブ」「土曜の会」

あいだてるこ　①大阪府大阪市 ③日常語 ④『時の彼方へ』 ⑤「梅田文章教室（産経学園）」

秋野光子（あきの　みつこ）①大阪府箕面市 ②一九三八 ③大阪弁 ④『電話』『万華鏡』 ⑤「関西詩人協会」「ＰＯ」

東　延江（あずま　のぶえ）①北海道旭川市 ②一九三八 ③日常語 ④詩集『渦の花』『夢』『花散りてまぼろし』ほか・著書『旭川詩壇史』ほか ⑤「日本現代詩人会」・詩誌「りんごの木」「嶺」・同人誌「PETANU（ぺたぬぅ）」

あたるしましょうご中島省吾（あたるしましょうごなかしましょうご）①大阪府泉南市 ②一九八一 ③おとぼけ語 ④『本当にあった児童施設恋愛』改訂増補版（～第2刷） ⑤「関西詩人協会」

有馬　敲（ありま　たかし）①京都府京都市 ②一九三一 ③京ことば ④『晩年』『寿命』『現代生活語詩考』 ⑤「日本現代詩人会」「関西詩人協会」

池田瑛子（いけだ　えいこ）①富山県射水市 ②一九三八 ③富山弁 ④『母の家』『池田瑛子詩集』『岸辺に』『星表の地図』 ⑤「日本現代詩人会」「日本詩人クラブ」「禱」

石井春香（いしい　はるか）①大阪府高槻市 ②一九四六 ③日常語、魚の外国語 ④『砂の川』『贅沢な休日』『人魚の祈り』『紅の二重奏』『落人』 ⑤「日本現代詩人会」「日本詩人クラブ」「近江詩人会」

石井眞弓（いしい　まゆみ）①北海道札幌市 ②一九四三 ③俗語 ④『黄金色の永遠』『きょうもすること』『閉塞』 ⑤「日本詩人クラブ」「北海道詩人協会」「極光」

市川つた（いちかわ　つた）①茨城県牛久市 ②一九三三 ③日常語 ④『虫になったわたし』『月の罠』『春秋長ず』ほか ⑤「回游」「衣」「日本現代詩人会」「日本詩人クラブ」「茨城詩人協会」

市原礼子（いちはら　れいこ）①大阪府豊中市 ②一

九五〇　③愛媛県の中予地方　④『フラクタル』『愛の谷』『すべては一匹の猫からはじまった』⑤「日本詩人クラブ」「RIVIÈRE」「群系」

一瀉千里（いっしゃ　ちさと）①広島県福山市　②一九五一　③日常語　④詩集『ペガサスになれないものは』・エッセイ集『人生の踊り場』⑤「日本文藝家協会」「日本現代詩人会」「黄薔薇」

井上良子（いのうえ　よしこ）①大阪府枚方市　②一九六二　③京都・大阪　④『太陽の指環』（詩画集）『こどものための少年詩集』（共著）⑤「日本詩人クラブ」「関西詩人協会」「日本童謡協会」

岩井　昭（いわい　あきら）①岐阜県多治見市　②一九四七　③「東濃弁」「心のふるさと・郷愁」④『ひるま☀です』『ひだまりひとつ』⑤「ぱぴるす」「詩食」

植木信子（うえき　のぶこ）①新潟県長岡市　②一九四九　③俗語　④『田園からの幸福についての便り』『緑の日々へ』『その日ー光と風に』⑤「花」「回遊」「山脈」「詩霊」

うえじょう晶（うえじょう　あきら）①沖縄県中頭郡②一九五一　③日常語　物語　④『我が青春のドン・キホーテ様』『日常』⑤「あすら」「いのちの籠」

臼井澄江（うすい　すみえ）①静岡県藤枝市　②一九三八　③日常語　④『たがやす女の詩』『茶山の婦』⑤「静岡県詩人会」「農民文学会」

江口　節（えぐち　せつ）①兵庫県神戸市　②一九五〇　③「やげろうしい」備後弁　④『篝火の森へ』『果樹園まで』『オルガン』⑤「多島海」「鶺鴒」「日本文藝家協会」

遠藤智与子（えんどう　ちよこ）①茨城県ひたちなか市　②一九五五　③東北は山形県西村山の言葉　④『河』『その先へ』⑤「詩人会議」

大倉　元（おおくら　げん）①奈良県大和郡山市　②一九三九　③祖谷地方　④『石を蹴る』『祖谷』『噛む男』⑤「関西詩人協会」「近江詩人会」「日本詩人クラブ」「日本現代詩人会」「風鐸」「時刻表」「ふーが」

大南智史（おおみなみ　さとし）①徳島県徳島市　②一九一九　③阿波年寄り言葉　④『大連スキー物語』『遼東半島』⑤「詩脈」「徳島現代詩協会」

岡本真穂（おかもと　まほ）①兵庫県神戸市　③日常語　④『花野』『神戸蝉しぐれ』『御影』ほか　⑤「関

西詩人協会」「神戸文化協会」

岡本光明（おかもと　みつはる）①大阪府高槻市　②一九五六　③大阪弁　④『妙な奴』『お伽草子』『呼吸』『四季と時間』『方法序説』　⑤「新海魚」

奥村和子（おくむら　かずこ）①大阪府富田林市　②一九四三　③河内弁　④『めぐりあひてみし―源氏物語の女たち』『恋して、歌ひて、あらがひて―わたくし語り石上露子』　⑤「日本現代詩人会」「関西詩人協会」

尾崎まこと（おざき　まこと）①大阪府羽曳野市　②一九五〇　③大阪弁　④『写真集 記憶の都市「大阪・SENSATION」』『カメラ・オブスキュラ』『断崖、あるいは岬、そして地層』　⑤「イリヤ」「ＰＯ」「関西詩人協会」

小田切敬子（おだぎり　けいこ）①東京都町田市　②一九三九　③日常語　④『花莫蓙』『流木』『憲法』『小田切敬子詩選集一五二篇』『わたしと世界』　⑤「詩人会議」「ポエム・マチネ」

かしはらさとる　①大阪府豊中市　②一九三六　③標準語（共通語）「帰郷すると」広島弁（島ことば）④『島おへんろ』『補島おへんろ』　⑤「関西詩人協会」「しけんきゅう」

方韋子（かたいこ）②一九四一　③京都弁に近い言葉　④『路逢の詩人へ』・小説『司馬遷の妻』　⑤「現代京都詩話会」「関西詩人協会」

加藤千香子（かとう　ちかこ）①三重県松阪市　②一九三二　③松阪弁　④『ギプスの気象』『塩こおろこおろ』『POEMS症候群』・『詩画集』（共著）⑤「日本現代詩人会」「関西詩人協会」

門田照子（かどた　てるこ）①福岡県福岡市　②一九三五　③大分県竹田地方（豊後訛り）④詩集『終わりのない夏』『ロスタイム』・方言詩集『無刻塔』⑤「東京四季」「花筏」「日本現代詩人会」

金田久璋（かねだ　ひさあき）①福井県三方郡　②一九四三　③道芝・よっちんこく（俗語）④『言問いとことほぎ』『賜物』『鬼神村流伝』⑤「日本現代詩人会」「角」

加納由将（かのう　よしまさ）①大阪府南河内郡河南町　②一九七四　③河内弁　④『夢想窓』『体内の森』『未来の散歩』『夢見の丘へ』『記憶のしずく』⑤「関西詩人協会」「日本国際詩人協会」

香山雅代（かやま　まさよ）①兵庫県西宮市　②一九三三　③日常語　④『空薫（そらだき）』『慈童』『粒子空間』『虚の橋』『雪の天庭』『露の拍子』ほか　⑤「日本文藝家協会」「日本現代詩人会」「日本ペンクラブ」ほか

岸本嘉名男（きしもと　かなお）①大阪府摂津市　②一九三七　③日常語　④自叙伝風『うた道をゆく』（改訂版）・詩集『詩ごよみ』『残照』ほか　⑤「関西詩人協会」「現代京都詩話会」

北口汀子（きたぐち　ていこ）①大阪府富田林市　②一九五三　③大阪弁　④『微象（かそけきすがた）』『天・荒（あま・すさ）』・句集『漆黒（しっこく）の阿（ほとり）』　⑤「RIVIÈRE」「たまゆら」

紀ノ国屋　千（きのくにや　せん）①京都府京都市　②一九四三　③京都市地域の職場言語と友人とのコミュニケーション言葉・京都府庶民言葉　④『風の物語』（かみがしげよし　日本詩人文庫第41集）　⑤「竹の花文芸」（全国同人による）

木村孝夫（きむら　たかお）①福島県いわき市　③古里、メルトダウン、JR常磐線、六号線　④『桜蛍』『福島の涙』ほか　⑤ネット詩誌「MY　DEAR」、詩誌「MARUBATSU」

清岳こう（きよたけ　こう）①宮城県仙台市　②一九五〇　③「たぎりたつ・姉者・雇人」熊本方言／「セルリ　ポポウ　フリジャア」戦死した叔父の日記から／「椿風」清岳造語　④『眠る男』『つらつら椿』『風ふけば風』『浮気町車輛侵入禁止』ほか　⑤「兆」「とんてんかん」「ERA」

黒羽英二（くろは　えいじ）①神奈川県中郡大磯町　②一九三一　③下総のことば＋標準語　④詩集『遺跡』『須臾（すゆ）の間に』ほか10冊・小説集『目的補語』・戯曲集『女化』　⑤「日本文藝家協会」「日本現代詩人会」「日本詩人クラブ」「日本劇作家協会」

幻　彩（げんさい）①奈良県北葛城郡河合町　②一九四五　③方言（伊予弁）　④小説『水輪の記憶』（本千加子）　⑤「大阪詩人会議〈軸〉」「黄色い潜水艦」

香野広一（こうの　ひろいち）①東京都足立区　②一九三八　③標準語　④『沢蟹』『優曇華』『残像』　⑤「日本詩人クラブ」「漪」

小篠真琴（こしの　まこと）①北海道瀬棚郡今金町　③今金男爵いも　④『生まれた子猫を飼いならす』　⑤「北海道詩人協会」

ごしまたま　①滋賀県大津市　②一九四九　③関西弁「はよ（はやく）・ほんま（本当に）・できるんかい（できるのかしら）」　④『星のシャワールーム』　⑤「近江詩人会」「関西詩人協会」

兒玉智江（こだま　ちえ）①岩手県北上市　②一九四一　③東北弁　④『青い空』『秀衡街道物語』『アイヌネノアンアイヌ』　⑤「岩手県詩人クラブ」「北上詩の会」「東北学研究天塾の会」「Y絵画教室」ほか

牛島富美二（ごとう　ふみじ）①宮城県仙台市　②一九四〇　③バッケャ＝蕗の薹。東北方言。仙台地方では、バッケ。ガキ＝子供。あねこ＝若い女。ケズネバナ＝狐花・曼珠沙華。ズンツァマ・バンツァマ＝爺さん・婆さん。④『いすかのはし』『榴花歳々』『老楽の……』『ふっとたたずむ』ほか　⑤「仙台文学」「PO」「宮城県芸術協会」「宮城県詩人会」

古野　兼（この　けん）①東京都練馬区　②一九四八　③俗語　⑤「詩人会議」

こまつかん　①山梨県南アルプス市　②一九五二　③甲州弁　④『龍』『見上げない人々』『刹那から連関する未来へ』　⑤「日本詩人クラブ」「日本現代詩人会」「詩人会議」

小松弘愛（こまつ　ひろよし）①高知県高知市　②一九三四　③土佐方言　④『狂泉物語』『ヘチとコッチ第三集・土佐の言葉』　⑤「日本現代詩人会」「日本詩人クラブ」

近藤八重子（こんどう　やえこ）①高知県高岡郡　②一九四六　③俗語　④『海馬の栞』『私の心よ鳥になれ』『ふた粒の涙』　⑤「関西詩人協会」「日本国際詩人協会」「青空会議」

金野清人（こんの　きよと）①岩手県盛岡市　②一九三五　③ケセン語　④『冬の蝶』『名刺』『青の時』『ナナカマド』『心の里帰り』　⑤「岩手県詩人クラブ」「北上詩の会」

斎藤彰吾（さいとう　しょうご）①岩手県北上市　②一九三二　③共通語のなかに黒沢尻弁少し　④『斎藤彰吾詩選集一〇四篇』〈コールサック詩文庫18〉　⑤「日本現代詩人会」「岩手県詩人クラブ」「詩人会議」

榊　次郎（さかき　じろう）①大阪府大阪市　②一九四七　③大阪弁　④『20年とはたち』『未完・愛のメッセージ』『新しい記憶の場所へ』　⑤「詩人会議」「関

西詩人協会」「大阪詩人会議〈軸〉」

坂田トヨ子（さかだ　とよこ）①福岡県福岡市　②一九四八　③福岡県筑後地方瀬高町（現　みやま市）の生活語　④『問わず語り』『源氏物語の女たち』『あいに行く』『それでも海へ』ほか　⑤「筑紫野」「詩人会議」「福岡県詩人会」「炎樹」「いのちの籠」ほか

坂本孝一（さかもと　こういち）①北海道札幌市　②一九四三　③積丹半島の浜弁　④『古里珊内村へ』『鳥の玉を繋いで』『十九月の吊り橋』　⑤「蒐」「極光」「小樽詩話会」

左子真由美（さこ　まゆみ）①京都府長岡京市　②一九四八　③岡山弁　④『RINKAKU（輪郭）』『写真集パリ,あの夏』『omokage』『愛の動詞』『愛の手帖』『あんびじぶる』　⑤「PO」「イリヤ」「日本現代詩人会」「関西詩人協会」

佐々木　豊（ささき　ゆたか）①大阪府豊中市　②一九五一　③おかあちゃんのことば　④『あいうえおからのおくりもの』　⑤「関西子ども詩の会」主宰

佐々木洋一（ささき　よういち）①宮城県栗原市　②一九五二　③方言の一部活用　④『ここ、あそこ』『キムラ』ほか　⑤「ササヤンカの村」

笹原実穂子（ささはら　みほこ）①北海道石狩市　③ぼーぼー　⑤「北海道詩人協会」「極光」「錨地」

佐相憲一（さそう　けんいち）①東京都立川市　②一九六八　③横浜弁　④『佐相憲一詩集1983～2018』『もり』ほか詩集一〇冊　⑤「日本詩人クラブ」「日本現代詩人会」「指名手配」ほか

佐藤岳俊（さとう　がくしゅん）①岩手県奥州市　②一九四五　③東北語（方言）　④『酸性土壌』『縄文の土偶』『現代川柳の原風景及び宇宙』ほか　⑤「川柳人」主宰・「岩手県詩人クラブ」

佐藤　裕（さとう　ゆう）①神奈川県横須賀市　②一九五六　③標準語　生まれ育った郷土の紹介です。④『断章』『1999年　秋』『位置の喪失』　⑤「日本文藝家協会」「日本詩人クラブ」「横浜詩人会」

重光はるみ（しげみつ　はるみ）①岡山県倉敷市　②一九四九　③岡山弁　④『跡形もなく』『海が消えて』『細家風が吹いて』　⑤「火片」「アリゼ」

志田静枝（しだ　しずえ）①大阪府交野市　②一九三六　③日常語　④『夏の記憶』『菜園に吹く風』『踊り子の

花たち』『夢のあとさき』⑤「秋桜・コスモス文芸」「北九州文学協会」「ぱさーじゅ文芸」

志田信男（しだ　のぶお）①神奈川県相模原市　②一九三〇　③東京弁　④訳書『セフェリス詩集』『アヴィセンナ「医学の歌」』・著書『詩集　やぱのろぎあ　Ⅰ～Ⅵ』『鴎外は何故袴をはいて死んだのか―「非医」鴎外・森林太郎と脚気論争』⑤「日本詩人クラブ」

渋谷　聡（しぶたに　さとし）①青森県五所川原市　②一九六一　③津軽弁　④『さとの村にも春来たりなば』『おとうもな』『蓑』

洲　史（しま　ふみひと）①神奈川県横浜市　②一九五一　③越後東頚城語　④『学校の事務室にはアリスがいる』『小鳥の羽ばたき』⑤「九条の会詩人の輪」「詩人会議」「横浜詩人会議」

島村圭一（しまむら　けいいち）①山形県天童市　②一九五四　③山形村山弁　④『ぞさえまま』

清水マサ（しみず　まさ）①新潟県新潟市　②一九三七　③新潟県新発田市の「ネシを語尾につける」④『雪・故里』『鏡の中の女』『鬼火』『遍歴のうた』⑤「詩人会議」「新潟県現代詩人会」・詩誌「ぼうろ」

白井ひかる（しらい　ひかる）①奈良県奈良市　③アクセントに焦点を当てています。④『キスがスキ』⑤「ＰＯ」

白川　淑（しらかわ　よし）①京都府京都市　②一九三四　③京ことば　④『祇園ばやし』『お火焚き』『花のえまい』『京のほそみち』『白川淑詩集』⑤「日本文藝家協会」「日本現代詩人会」「関西詩人協会」

菅原みえ子（すがわら　みえこ）①北海道岩見沢市　②一九四八　③日常語　④『恋問川』『足跡』⑤「韻」「日本現代詩人会」「北海道詩人協会」

鈴木文子（すずき　ふみこ）①千葉県我孫子市　②一九四一　③日常語　④『電車道』『女にさよなら』『鳳仙花』『海は忘れていない』⑤「日本現代詩人会」「千葉県詩人クラブ」「詩人会議」

洲浜昌三（すはま　しょうぞう）①島根県大田市　②一九四〇　③石見の言葉　④『ひばりよ 大地で休め』『春の残像』『洲浜昌三脚本集』ほか　⑤「石見詩人」「島根県詩連合」「中四国詩人会」「日本詩人クラブ」

瀬戸正昭（せと　まさあき）①北海道札幌市　②一九五一　③俗語　④『夜の歌』『野菜小詩集』『音楽』『花

の国』『宿世』⑤「饗宴」

園田恵美子（そのだ　えみこ）①大阪府八尾市　②一九四七　③関西語・俗語・共通語　⑤「銀河詩手帖」

滝本正雄（たきもと　まさお）①北海道古宇郡神恵内村　②一九三三　③標準語・秋田弁　④『風の道』『動中静有の人』⑤「詩人会議」「北海道詩人会議」

竹内正企（たけうち　まさき）①滋賀県近江八幡市　②一九二八　③一般語（「終戦懐古帳」として残しておきたい文書）④『竹内正企自選詩集』ほか九冊　⑤「近江詩人会」「ふ〜が」「日本現代詩人会」ほか

武西良和（たけにし　よしかず）①和歌山県岩出市　②一九四七　③農耕語　④『鍬に錆』『遠い山の呼び声』『詩でつづる故郷の記憶』ほか　⑤「ぽとり」「ここから」「日本詩人クラブ」ほか

竹原洋二（たけはら　ようじ）①徳島県板野郡　②一九四五　③阿波弁　④『愛犬さくら』⑤「詩脈」「徳島現代詩協会」

武部治代（たけべ　はるよ）①滋賀県大津市　②一九三三　③「よう来たのし」紀州弁　④『鳥は靴を履かない』『人恋ひ』ほか。随筆『犀の角』『赤い木の馬』⑤「近江詩人会」「日本現代詩人会」

田島廣子（たじま　ひろこ）①大阪府大阪市　②一九四六　③都城語　標準語　④『愛・生きるということ』『くらしと命』『時間と私』⑤「詩人会議」「大阪詩人会議〈軸〉」「関西詩人協会」「PO」

田尻文子（たじり　ふみこ）①岡山県小田郡矢掛町　②一九四八　③集落（むら）　④『道』『「あ」から始まって』『羽を拾う』⑤「ネビューラ」

玉川侑香（たまがわ　ゆか）①兵庫県神戸市　②一九四七　③関西弁　④『れんが小路の足音』『かなしみ祭り』『戦争を食らう』ほか　⑤「詩人会議」「姫路文学人会議」「プラタナス」

張　華（ちょう　か）①兵庫県神戸市　②一九四七　③関西　④『母の姿』⑤「現代詩神戸研究会」「プラタナス」

寺西宏之（てらにし　ひろし）①奈良県生駒郡　②一九三八　③関西弁　④詩と書のコラボレーション『詩のスケッチ』⑤「樹音」「関西詩人協会」

照井良平（てるい　りょうへい）①岩手県花巻市　②一九四六　③気仙弁　④『ガレキのことばで語れ』

⑤「岩手県詩人クラブ」「日本現代詩人会」「詩人会議」

徳沢愛子（とくざわ　あいこ）①石川県金沢市　②一九三九　③金沢方言　④金沢方言詩集『もってくれかいてくれ』『咲(わろ)うていくまいか』ほか　⑤「笛の会」「日日草」「日本現代詩人会」

斗沢テルオ（とざわ　てるお）①青森県十和田市　②一九五四　③南部弁　④『がさつなれど我が母なり』『水たまり』『決意の朝』　⑤「ぐるーぷ新詩脈」「詩人会議」

永井ますみ（ながい　ますみ）①兵庫県神戸市　②一九四八　③山陰地方の方言　④『万葉創詩―いや重け吉事』『永井ますみの万葉かたり』『永井ますみ詩集　新・日本現代詩文庫110』　⑤「関西詩人協会」「RIVIÈRE」「現代詩神戸」

中尾彰秀（なかお　あきひで）①和歌山県和歌山市　②一九五二　③「あんた地球人じゃない／あまてらすのオーラあるじゃない」　④『万樹奏』『五行聖地』『天降りの宴』『呼吸のソムリエ』『龍の風』『気踏歌』　⑤「関西詩人協会」「日本詩人クラブ」

永田　豊（ながた　ゆたか）①岩手県花巻市　②一九四一　③岩手の日常生活語　④『冬の歌』『背後のまなざし』

二階堂晃子（にかいどう　てるこ）①福島県福島市　②一九四三　③東北の生活語　④『悲しみの向こうに』『埋み火』『見えない百の物語』　⑤「日本現代詩人会」「日本詩人クラブ」「山毛欅」

西田彩子（にしだ　あやこ）①大阪府大阪市　②一九三五　③大阪（関西）語　④『旅立ち』『舞う』『無限旋律』　⑤「日本ペンクラブ」「日本詩人クラブ」「軸」

西山光子（にしやま　みつこ）①大阪府岸和田市　②一九三四　③和歌山県南部のことば　④『歩きましょう』『惜春』『朝の化粧』　⑤岸和田市図書館「詩の教室」「日本詩人クラブ」

根来眞知子（ねごろ　まちこ）①京都府京都市　②一九四一　③関西弁　④『たずね猫』『雨を見ている』　⑤「関西詩人協会」「現代京都詩話会」

根津真介（ねづ　しんすけ）①高知県高知市　②一九四五　③土佐の田舎の風俗　④『何処までも』『否』『草根木皮』『木の根道』　⑤「日本現代詩人会」「日本詩人クラブ」

根本昌幸（ねもと　まさゆき）①福島県相馬市　②一九四六　③東北語　④『桜の季節』『昆虫の家』『荒野に立ちて—わが浪江町』　⑤「日本ペンクラブ」「日本詩人クラブ」

働　淳（はたらき　じゅん）①福岡県大牟田市　②一九五九　③大牟田弁　④『流星雨につつまれて』『花、若しくは透明な生』　⑤「P」「詩霊」「パンドラ」

浜江順子（はまえ　じゅんこ）①東京都日野市　②一九四八　③日常語　④『飛行する沈黙』『闇の割れ目で』『密室の惑星へ』　⑤「hotel　第2章」「歴程」

原　圭治（はら　けいじ）①大阪府堺市　②一九三二　③紀州弁（和歌山弁）　④『地の蛍』『水の世紀』『原圭治詩集』　⑤「詩人会議」「関西詩人協会」

原　詩夏詩（はら　しげし）①東京都中野区　②一九六四　③関西語（和歌山）　④詩集『波平』・歌集『レトロポリス』・句集『火の蛇』ほか　⑤「風狂の会」「風刺詩ワハハの会」ほか

原子　修（はらこ　おさむ）①北海道小樽市　②一九三二　③通常文用語　④『〈現代詩〉の条件』『鳥影』『受苦の木』『—叙事詩—原郷創造』　⑤「日本現代詩人会」「日本詩人クラブ」「極光」

福田ケイ（ふくだ　けい）①大阪府茨木市　②一九四〇　③石切さん、でんぼの神様、おじゅっさん、だいぼうさん　⑤「関西詩人協会」「ミュゲ」「大阪樟蔭3人会」

星　善博（ほし　よしひろ）①埼玉県越谷市　②一九五八　③栃木県（北部）　④『水葬の森』『静かにふりつむ命のかげり』ほか　⑤「日本詩人クラブ」「日本現代詩人会」ほか

本庄英雄（ほんじょう　ひでお）①北海道札幌市　②一九四八　③北海道のことば　④『空を泳ぐ』　⑤「北海道詩人協会」

前田章吾（まえだ　しょうご）①北海道函館市　②一九九三　③共通語　⑤「極光の会」

牧野美佳（まきの　みか）①徳島県鳴門市　②一九六二　③南阿波のことば　⑤「詩脈」「徳島現代詩協会」「中四国詩人会」

増田耕三（ますだ　こうぞう）①高知県吾川郡いの町　②一九五一　③高知県の「幡多方言」　④『村里』『バルバラに』　⑤「兆」「PO」

松﨑みき子（まつざき　みきこ）①岩手県陸前高田市　②一九五七　③気仙語　④『ミモザサラダ』⑤「岩手県詩人クラブ」「辛夷」

三ヶ島千枝（みかしま　ちえ）①埼玉県八潮市　②一九五〇　③とんでもない　④『夏みかんの木』⑤「花」

水崎野里子（みずさき　のりこ）①千葉県船橋市　②一九四九　③東京弁　④『あなたと夜』『恋歌』『火祭り』『愛のブランコ』⑤「PO」「千年樹」「詩人会議」ほか

道元　隆（みちもと　たかし）①富山県南砺市　②一九五四　③富山弁　④『刻』『Rルート156』『僕の眼球が移行した』⑤「日本ペンクラブ」「日本詩人クラブ」

南　邦和（みなみ　くにかず）①宮崎県宮崎市　②一九三三　③日常語　④詩集『原郷』『ゲルニカ』『神話』・評論集『故郷と原郷』ほか　⑤「日本ペンクラブ」「日本現代詩人会」

美濃吉昭（みの　よしあき）①大阪府大阪市　②一九三六　③俗語　④『或る一年～詩の旅～』『或る一年～詩の旅～Ⅱ』『或る一年～詩の旅～Ⅲ』⑤「日本詩人クラブ」「関西詩人協会」「大阪詩人会議〈軸〉」

紫　圭子（むらさき　けいこ）①愛知県豊川市　③愛知県東三河（豊橋市、豊川市、ほか）の方言を会話に入れた　④『受胎告知』『闘、奥三河の花祭』『豊玉姫』ほか　⑤「孔雀船」「日本現代詩人会」「日本文藝家協会」ほか

村田　譲（むらた　じょう）①北海道恵庭市　②一九五九　③懐古の言葉　④『円環、あるいは12日の約束のために』『渇く夏』ほか　⑤「小樽詩話会」「恵庭市民文芸」「北海道詩人協会」ほか

村野由樹（むらの　ゆき）①大阪府大阪市　②一九五二　③大阪、使った言葉「かけてなー」「やったでー」④『渡し船』⑤「銀河詩手帖」「風の音」

森下和真（もりした　かずま）①京都府京都市　②一九八〇　③関西弁　⑤「現代京都詩話会」「関西詩人協会」

安森ソノ子（やすもり　そのこ）①京都府京都市　②一九四〇　③京ことば　④『香格里拉で舞う』・英日語詩集『紫式部の肩に触れ』ほか計九冊　⑤「日本ペンクラブ」「日本現代詩人会」「日本詩人クラブ」ほか

山下俊子（やました　としこ）①大阪府守口市　②一九四五　③日常語　④『黄色い傘の中で』『ほの見える影』　⑤「RIVIÈRE」「衣」「関西詩人協会」

山内理恵子（やまのうち　りえこ）①東京都葛飾区　②一九六三　③下町　会話　東京　④『大人になれない子供たちより』『青い太陽』　⑤「SPACE」

山本泰生（やまもと　たいせい）①徳島県松茂町　②一九四七　③阿波弁、俗語　④『あい火抄』『祝福』『声』『三本足』ほか　⑤「兆」「墓地」「徳島現代詩協会」

山本なおこ（やまもと　なおこ）①大阪府高石市　②一九四八　③富山弁　④『ショウとリョウふたりはふたご』『生きる―アンダンテ　カンタービレ』『雪の日の五円だま』ほか　⑤「関西詩人協会」「伽羅」

吉田定一（よしだ　ていいち）①大阪府高石市　②一九四一　③関西弁　④『You are here』『胸深くする時間』『記憶の中のピアニシモ』　⑤「関西詩人協会」文芸誌「伽羅」主宰

吉田博子（よしだ　ひろこ）①岡山県倉敷市　②一九四三　③岡山弁　④『立つ』『花を持つ私』『いのち』『石仏のように』『雪をください』　⑤「黄薔薇」「中四国詩人会」「岡山県詩人協会」

吉田義昭（よしだ　よしあき）①東京都板橋区　②一九五〇　③日常語　④詩集『ガリレオが笑った』『結晶体』・エッセイ集『歌の履歴書』ほか　⑤「日本詩人クラブ」

吉中陽子（よしなか　ようこ）①高知県安芸郡　②一九四五　③土佐語　④『めざめる水』『野根川』『日々の中で』『をなごの思う詩』『生きたあかし』

力津耀子（りきつ　ようこ）①兵庫県尼崎市　②一九四一年　③大阪語　④『詩楽』Ⅰ・Ⅱ・Ⅲ

脇　彬樹（わき　よしき）①大阪府大阪市　②一九四五　③俗語　④『駅』『常夜灯』『金剛山』　⑤「大阪詩人会議〈軸〉」

おわりに

永井ますみ

現代生活語詩集・竹林館版は「ロマン詩選」に始まり、「空と海と大地と」「昨日・今日・明日」「喜怒哀楽」「老若男女」と続いてきて、今回は「わが街、わが村、わが郷土」とし、視点を状況と私という風に設定してみた。

私の所属している神戸という街で、何年か昔に『神戸市街図』というアンソロジーが組まれ、地名の入った詩が地図と共に出された事があった。先輩詩人達が故足立巻一さんや神戸新聞の協力を得て作ったのであるが、私は住み始めたばかりの六甲山の裏側に通された六甲山トンネルの事を書いた詩で参加した。

また古くは「風土記」という書物があり、七一三年元明天皇の時代に制作の命令が下されたとある。その時に記すべきはその土地の名の由来・作物・土地の肥沃度となっているが何より「その土地の名を好き字を用いて」記すようにとなっている。物語は口伝えで残っているが、それに好き字を当てるようにという指示というわけだ。「好き字を使うと好き事が起こる」これは日本に昔からある言霊信仰なのだが、今回は生活語詩集もこれに乗っかって収集された。

北から言えば「旭川」、はるかな「国後、弥生町」「室蘭街道」、小林多喜二の「小樽」、懐かしい草花とおしゃべりする「石狩」。「岩木山・岩木川」「美園通り二丁目」はどの辺りか。

岩手県名産「くるみ餅」、くるみ味とはおいしいの代名詞とか、風呂に響く「米山さんから雲が出た……」の歌とマゴちゃんの笑い声。東京から山形県河北町へ来た嫁さんが珍行状をのりこえて逞しくなったという一くさり。夜ノ森・大野・双葉は共にメルトダウンで泣いた町だ。岩手県あたりは何度もお邪魔しているので地名が出てなくても自明なのか、私には懐かしい。胆沢扇状地は弥生時代の開拓地だったのですね。物部人が北進した一節を改めて耳にしたいものです。家族を方々に持つ人はこのコロナ時代不安ですね。思いは関東へアメリカへ。また「螢川」という儚げな川の名、墓場という名もない場所。街路樹伐採というどこにでもある事象が方言で綴ることによって情感を漂わせている。想いの根元に横たわっている祖母の住む山峡の村。田んぼアートは田舎館という処の役場の上から見ました。上野発、夜行列車、三沢駅、金の卵どれも懐かしく。コロナは恐ろしいが感染者ゼロを破る事の岩手県の恐ろしさ。コロナは夫婦で遊ぶチャンスか。青春の阿武隈川。幼年の阿武隈川。

第二次世界大戦の疎開世代はふるさとを各地に持つ世代か、横浜、横須賀は激しく存在を主張し、深川、多摩川はゆったりと流れて千葉県の野田市は醬油と津久舞の夏祭り。東シナ海が見える場所は虹の立った場所、今はいない父母の因縁の場所。

思い込みのらふらんす消防車は本当だったという昔のやさしい富山。静岡と浜松の中間にある静濱村では、いつでも子供に返って「えぇかぁ　からだぁ気いつけてなぁ」という母の声が響いてくる。地名は明らかにされてないけれど、メダカもどじょうも野遊びも遠い事になってしまった感がつよい。「道芝」の悪戯はどこまで岡崎純さんに掛かっているのか不明ながら、敦賀で行った朗読会での温顔を思い出している。いい話や美女の話はじかに聴きたい。田圃の中の屋敷林は出雲にもあるが、ここは富山の地域性や歴史がおっとりと方言となって漂っている。紫圭子さんは初参加でしょうか？　活きの良い夜桜お七の手筒花火が上がってどっと火の粉の降る活きの良さ。

　八軒家浜は二回続けて行った大阪の大朗読会で見下ろしていた場所。東淵修さんの町、釜ヶ崎の変化、有馬敲さんの高野川添い、万博公園、コロナでひっそり静まった神戸元町北の坂を幻のバレリーナが踊り、南河内では昭和十年から楠木正成の妻の像があるという。平安神宮を住処とする京雀のおしゃべり。松阪新町弾除けの千人針の縫い止まり。南大伴まで車椅子で移動できるようになった喜びと弾み。幼くは浜松原という地名、今は宇宙という地名。大正川そばの老後の暮らし、コロナ災厄は地名を問わず繁殖して、風景は世界に繋がっている。電気通信に一生を尽くした根拠地はいずこ。琵琶湖岸でのコロナの初発の頃の記録としての詩があり、道頓堀ではグリコの大形ポスターが手を上げている。交野が原の湧き水、幼い頃の発音注視。コロナのせいで静かな街の中に思い出の振り売りの声。思い出は町と花とを繋いで、魂は人と共に発展している。土を起こす畑の哲学と吹き渡る風は長峰山脈からという、その命名が素敵だ。紀州の田園地帯の長閑さを裏切る情もやがては宥められるのであろう。そこで生まれ育ったというだけで誇りに思うふるさともあり、この度のコロナで見直すところあり、そこが佳いところかどうか決めるのはその人の心にある。川の流れが気になってすでに河口に達したと思っても、思いはふるさとにいつでも立ち戻り、今昔館で立ち止まる。展示品に暮らしはあっても言葉はない。言葉で音で残す事が気に掛かる。地方の言葉は叱られていてもユーモラスに聞こえる。カラスまでそう言うんかあ。浜寺公園の歴史、数年前に文学散歩で花の道を歩きました。

充実した日々、尾道、岡山、福山を辿る自分史が一篇の詩になったり、記憶の中の街並みがズームアップする。美しい母の立ち姿がズームアップする。父の膝の暖かさ、死んで初めて分かった男の思い遣りの心、どうして言葉に表さなかったのだろう。

石見銀山から港への行路は笹藪で覆われ、「講」で助け合った暮らしも、板絵に描かれた暮らしも等しい温かさがある。

父の皿ヶ嶺キャンプの夢を果たしてあげようとする家族の苦心と父の困憊、周辺の助けあってこその温かい思い出。百歳を越した詩人は亀に親しむ？　腹の調子は戻りましたか？　「ひつく」の反対語は「みてる」でしょうか？　火の玉を受けて懐妊した聖人のような体験、小鳥と話を交わす奇妙だけど有り得るかもしれない体験。膝を進めて続きを聴きたい裸電球の下の奇譚。コロナでやかましい今年の夏はエライヤッチャはどうなったのだろ。河原での見世物小屋はとっくに店じまい、心の中にだけある。暴れ川の今切川もおとなしくなって渡船も寂れて、村の一筋の道も月だけが明るい。

亡くなった猫の玉三郎も達者な大分弁がわかって暮らしていたのですね。環境も男も糾える縄の如しの七重、八重さん。ひとめぼれもねじ曲がるが結果良ければ全て良し。風景は変わらぬのに人は皆入れ替わる。石炭は石油に取って代わられ、炭鉱電車は博物館行きになっても、炭坑節は子供の代位までは歌われると思うよ。沖縄にある津花波散策道は世界の道へ繋がっているという、認識。アンソロジーの中に組み込まれた地名をたどりながらピックアップしてみました。取り上げてない詩作品も数篇ありますが、悪しからず。地名を入れなくても方言で表せば何処か自明だという見方もありますが、固有名詞を入れる事で詩が普遍性を帯びてくる不思議を体験させていただきました。

前述しましたように、二〇一九年三月大阪は八軒家浜近くの大阪キャッスルホテルで大朗読会を催しまして参会者五十一名、朗読者三十九名を集録しました。その最後の時に「来年は又生活語詩のアンソロジーを竹林館から企画しますが、再来年の春には今回のような朗読会を岩手県は北上市にある『日本現代詩歌文学館』でやりたいと思います。この話は斎藤彰吾さんに既に話してありまして、『やるべ、やるべ』ということになっています。前泊して二泊三日ですが、何とか貯金しておいて一緒に行きましょう。七十五日前に予約すると随分安くなります。楽天トラベルで飛行機と宿を取って、会費を足すと、十四万円。もっと安く行く方法もあります。どうぞ、次回はしっかり貯金をしておいて、皆さま北上で逢いましょう。」と申しました。

この一月位からコロナが日本列島に這い上がり、四月に大きな感染の山をこしらえ、今又七月からの再燃の山を過ごしています。なるべく外へ出ないで、なるべくひとには近寄らないように、なるべく室内でしゃべらないようにと自粛を迫られ、ひとにも自粛を迫ったりする息苦しい日々を過ごしております。これが朗読会をしようと思っている来年の五月にどのような形になっているかは、誰にも想像ができないと思います。それでも私達は「再見」を目指して準備を進めたいと思っています。その日のために貯金を怠りませんように。きっと再見。

現代生活語詩集 2020　わが街、わが村、わが郷土

2020年10月20日　第1刷発行
編　集　全国生活語詩の会
発行人　左子真由美
発行所　㈱竹林館
〒530-0044　大阪市北区東天満 2-9-4　千代田ビル東館 7 階 FG
Tel　06-4801-6111　Fax　06-4801-6112
郵便振替　00980-9-44593　URL http://www.chikurinkan.co.jp
印刷・製本　モリモト印刷株式会社
〒162-0813 東京都新宿区東五軒町 3-19

ISBN978-4-86000-441-5　C0092

定価はカバーに表示しています。落丁・乱丁はお取り替えいたします。